有爱的青春陪伴者

余歌唱婉

糍粑/著

花山文艺出版社

图书在版编目（CIP）数据

余歌唱婉 / 糍粑著. —石家庄：花山文艺出版社, 2018.12
ISBN 978-7-5511-4422-3

Ⅰ．①余… Ⅱ．①糍… Ⅲ．①长篇小说－中国－当代Ⅳ．①I247.5

中国版本图书馆CIP数据核字（2018）第277349号

书　　名：	余歌唱婉
著　　者：	糍　粑
统筹策划：	张采鑫
特约编辑：	阿　灯
责任编辑：	郝卫国　张凤奇
美术编辑：	胡彤亮
责任校对：	齐　欣
装帧设计：	蔡　璨　西楼
封面绘制：	那　仁
出版发行：	花山文艺出版社（邮政编码：050061）
	（河北省石家庄市友谊北大街330号）
销售热线：	0311-88643221/29/35/26
传　　真：	0311-88643225
印　　刷：	湖南凌宇纸品有限公司
经　　销：	新华书店
开　　本：	880×1230　　1/32
印　　张：	8
字　　数：	171千字
版　　次：	2019年3月第1版
	2019年3月第1次印刷
书　　号：	ISBN 978-7-5511-4422-3
定　　价：	32.80元

（版权所有　翻印必究·印装有误　负责调换）

yuge changwan

目录

第一章 \001 ——五月天《如果我们不曾相遇》 无数时间线，无数可能性，终于交织向你。

第二章 \024 错愕，慌乱，茫然，也无法否认的心动喜悦。

第三章 \050 站在最高的地方等她。

第四章 \073 你是我天大的小秘密。

第五章 \095 从此山高水长，不复相见。

第六章 \114 他还是一样和她站在一起，像从前一样。

yuge changwan

目录

第七章 \136
从以前到现在,从始至终,并且从一而终。

第八章 \158
不在一起,不拥有,不白头,怎么对得起这份喜欢?

第九章 \178
「很想你。」
「我也是。」

第十章 \199
有事做,有人爱,有期待。

第十一章 \217
在我们没有见面的十几年里,我也都相信你。

第十二章 \235
幸而遇见,幸而重逢。

第一章
diyizhang

无数时间线,无数可能性,终于交织向你。
——五月天《如果我们不曾相遇》

当林婉的名字挂在热搜上整整 24 小时后,林婉才意识到,她应该是真的红了。

林婉盯着手机上微博客户端里在热搜顶端的话题,以及她不断增长的粉丝数和评论转发量,感觉整个人轻飘飘的,还有些不真实。

"酥酥,我竟然还在上面,好像比你上次在上面的时间都还要长!"林婉把整个身子都埋进自家沙发里,试图以此找到真实的感觉。

苏一梨很快就回复了她。自从林婉上了热搜，她们就一直保持着联系。

"林婉婉，你够了啊，"陪着这位玻璃心的新晋热搜主角，苏一梨实在有些吃不消了，"你是影后，我一小网红怎么跟你比啊，就你这怂样，难怪之前火不了。"

林婉窝在沙发里，不服气地耸了耸鼻尖："我跟你讲，童姐都回公司守数据去了，说是公司要给我重新设定发展方向，她说看我现在的流量，好像能接到稍微大一些制作的电影了。"

苏一梨能够想象到，在网络那头林婉兴奋地搓搓手的样子。

"之前我拿奖的时候，那些导演制片都说很期待有机会合作，结果后来都没一个给我递剧本的。童姐说那个李导，连个试镜的机会都不给我！"林婉的声音变得有些激动。

林婉还记得她得奖的那一天。

那是一个国内 A 类电影奖，她凭借一部现实主义的小众电影拿到了今年的影后。

当演播厅里传来她得奖的一瞬间，她才懂得以前看着别人在颁奖礼上获奖时无法控制的喜悦之情是怎么回事。

在颁奖现场以及后来的庆功宴上，不断有导演、制片人、编剧过来跟她寒暄，也许是当天的灯光太过耀眼，觥筹交错间，她真的产生过她做演员这么些年，终于要火了的错觉。

事实上，自这项电影节开办以来，每一届评选出来的影后如今都成了国内电影界的中流砥柱，在国内、国际电影界叱咤风云，单单除了林婉。

前一天的灯光和掌声就像是一场梦，一觉醒来网上只有寥寥无几的消息，甚至连热搜的最末端都未能企及。经纪人童姐与媒体通气打算买些宣传，却被多方媒体告知当天的宣传早就被这次电影节的最佳新人买断。错过最佳发稿时机的林婉，就这样成了有史以来最没有存在感的影后。

没有商业价值的演员，就算你有可以拿奥斯卡的演技，也很难得到崭露头角的机会。

那些导演和制片人见林婉得了这么个大奖都没能翻红，也都把视线转向别处，早忘记还有这么位"影后"了。

林婉这位小透明影后，在拿奖以后竟然赋闲在家一个多月，无论是网上的讨论度还是线下的好感度，都可以说是一无所获。直到接到这档真人秀，而且还是原定嘉宾半道变卦的情况下，不得已找来林婉救场。

这个只播出了一个先导片的真人秀，竟然让她红了？

就在几个小时以前，林婉还是一个与世隔绝的状态，安心地在山里做义工。

"我的小祖宗，你可算接电话了。"她刚回到屋里，就接到经纪人的电话。

累了一上午的林婉慢悠悠地靠着床边坐下来。这里的条件不是很好，狭小的屋子里只有一张单人床，连凳子都放不下。她是作为志愿者来这里给单亲家庭的孩子做心理辅导的，所以能够分到一个

人住的小屋子她已经很满足了。

"怎么了童姐,这么着急找我?我才出来没几天啊。"

林婉平时没工作的时候会到山里没什么人认识她的地方做志愿者,而且一出来就是大半个月,这次她不过才到这儿五天而已。

"你那期真人秀先导片昨晚播的,你现在已经在热搜挂了一天了!"

"什么?"林婉从床上猛地站起,一时激动挥着手臂,却在狭小的空间里撞上了墙,疼得她眼角瞬间渗出了泪花,嘴上却顾不得喊疼,只一个劲地问童姐,"我上热搜?我能上热搜?"

好不容易从山里出来的林婉对于机场跟拍这件事,她是既期待又拒绝的。

期待是因为,大约稍微有些知名度的艺人每每出现在机场都会有记者或粉丝接机送机,这种"机场文化"似乎是检验一个艺人知名度的试金石。而拒绝,是因为她今天这一身打扮实在不愿意让人看见。

虽说修身牛仔裤完美显现出林婉的大长腿,完美的比例足以让人忽略掉她实际的身高,而且上身简单的白T恤,脚踩一双小白鞋,也能彰显出她干净舒服的气质。只是,林婉之前在镇上一时激动,精神恍惚,在路边随意买了一副墨镜和一条大花围巾,将自己的脸裹得严严实实。

现在的她看上去,就像是进城赶集的大妹子。

她以为她脱下自己脑袋发热时临时加上去的"村姑"装扮还算

及时,却不知道她的糗样被恰巧同在机场的余城和他的经纪人李昱看了个清清楚楚。

"看什么呢?快走啊!"

李昱往前走了一段发现他的艺人余城并没有跟上来,还站在原地,正脸色复杂地看着候机室的另一个方向。

李昱顺着余城望着的方向望过去,只看见一个鬼鬼祟祟的身影,裹着一张大花布,墨镜上竟然还镶着几颗闪闪的塑料"钻石"。

李昱将自己的墨镜往下拉到鼻梁上,一脸的不可思议:"这人是谁啊?你认识?"

林婉并不知道远处有两个人正看着她,她猫着腰小心翼翼地躲进洗手间,迅速扔掉了她实在无法忍受的墨镜和花围巾,顺便补了个口红,再一身轻松地走出来。

正看着这一切的李昱猛然反应过来:"林婉?这是林婉?"

余城看着如释重负、脚步轻快地走向登机口的林婉,也不觉扬起了嘴角,眼角眉梢还带着些无可奈何,在心里又好笑又无奈地叹了口气,唉,这个婉婉。

一直到林婉回到北京,再从机场回到家里,她心里期待的记者或是粉丝都没有出现。

机场里人来人往,各自奔波。

北京还是一如既往的繁忙,根本没人注意过这位今天也许有些不一样的艺人。林婉心里自嘲道。

余城和李昱的目的地也是北京,他们从机场 VIP 通道出来后,安排好来接的车已经在外面等着了。

　　车子徐徐驶离机场，李昱在余城身边坐下，摘下墨镜，顺手拍拍身边的大明星，打趣道："城哥，一个连你们在同一趟航班都全程不知道的人，你们是怎么组上CP（夫妻、情侣）的？"

　　话音刚落，车里的气压一下子跌到了谷底，只听得见司机冲前面车按喇叭的声音，同时还不忘从后视镜向后排的李昱表示同情。城哥自下飞机起就周身自带低气压，李昱竟然还敢去碰他的雷区，实在敬李昱是条汉子！

　　李昱自知许是说错了话，尴尬地收回搭在余城肩上的手："嗯……可能是……你这个墨镜太大，把你的脸都挡完了？"

　　余城冷冷地扫了他一眼，身边的人不禁打了个冷战，连忙补充道："不是可能，是肯定，嗯，没错，肯定是这样！"

　　好不容易到达入住的酒店，余城大步走在前面，李昱加快脚步也还是落后他一大截儿，只依稀注意到，余城脸上的墨镜不知道什么时候已经被摘下，全然不顾周围惊喜认出他而逐渐增多的围观人群，大步往里走去。

　　这个人，哪根筋不对非得把墨镜摘掉？李昱百思不得其解，只能挤开周围越来越多的人群，努力地三步并作两步地跟上余城的脚步。

　　对这一切浑然不知的林婉一边跟闺蜜瞎聊着，一边还在热搜页面截图留念。

　　热搜上，她自己单独的话题排在了第四位，并且热搜前五全都与她有些关系。其中一直稳居榜首的话题叫"完成夫妇"，自从昨天真人秀《当我成为你》首播后它就一直高居榜首，而"完成夫妇"说的正是林婉和余城。

余城和林婉一样，都是这档真人秀的常驻嘉宾。只有一点不一样的是，林婉是小透明影后，而余城是既有才华，又有颜值，当然就不愁人气的当红歌手。

这一档叫作《当我成为你》的真人秀是林婉在没有任何片约的一个月之后，接到的邀请。

这档节目立足于社会现实，说是因为林婉形象很正面，很符合节目定位，这才邀请的她。

但据童姐打探到的消息，是因为他们之前打算邀请的女嘉宾临时变卦，似乎是打算退出娱乐圈，节目组不愿惹这些是非，所以才会临时换人找到林婉救场。

节目共邀请六位明星嘉宾，两两分三组，在每一次录制时去到三个不同的城市，体验当地特色或传统职业。

没有娱乐至死的追求，而是一档有切实社会意义的真人秀节目，林婉在知道邀请时几乎是毫不犹豫就跟对方确定了参加，况且这还是目前国内的一线电视台的重点打造项目，这样的机会对于林婉来说，实在算得上是天大的馅饼了。

录制当天，林婉去到现场已经是中午了。跟大家在后期剪辑后看到的顺序有些不同，她是先去了与嘉宾们首次见面的四合院，再去小房间做的备采，而在后期的剪辑后，观众首先看到的是林婉的

采访。

所以,节目中林婉的第一个镜头,是她穿着小礼裙在房间里做的一段采访。

录制节目的前一天,林婉在表妹路露的成衣设计工作室借了一套礼裙,淡紫色的裙摆刚及小腿,上身是做的汉服样式,紫色的绸缎打底,靛青色小巧精致的兰花绣样点缀在衣扣、衣领及袖口处,总体看来不失端庄,在细节的把控上又多了些俏皮。

而林婉在录完嘉宾见面环节后过来录这一段采访时,整个人都还在一种缥缈的状态,到后来录制结束,她甚至都不记得问过些什么,也记不得她是怎么回答的。

"我觉得没有什么平凡的职业这种说法吧。"这是节目中林婉的第一个镜头,坐在搭建的录影棚里,背后是一块大黑布,"每一个职业都是平凡的,都是在创造价值,只是随着科技的进步,有些传统的职业在慢慢消失,而这些需要我们更多的关注,我想这是我这次想要去做的一个事情。"

林婉无趣的采访不似她的着装那般俏皮灵动,一反常态的平平无奇,呆板无聊。

如果是平时的林婉,她一定会说,我的愿望是体验不一样的人生。

不知怎的,话都已经到嘴边,却心下一颤,改了口,因为当年,她就是这样跟他讲的。

"愿望?我的愿望……我想体验不一样的人生,除了林婉,是谁都行。"

当天，林婉走进录制节目的四合院，与几位已经到位的嘉宾见过面简单介绍之后，拿过院子中间桌上摆放的蛋糕，大家一边说笑一边吃东西。

"听说一共是六个人，咱们这儿已经四个了，还有两个人没来了吧？"

说话的也是一位演员，叫杨林西，可能是因为年龄相仿吧，正站在林婉旁边跟她耳语着。

除了他们俩，已经到现场的嘉宾还有年长一些的大花旦秦连语，以及前段时间才凭借一部网剧火了起来的新人潘盼盼，刚刚她上前跟林婉打招呼才知道，她竟然还是林婉戏剧学院的师妹。

"六位吗？"林婉把头从桌上琳琅满目的食物中抬起来望着他，"我都不知道。"

"合同上写了啊！你没看？"杨林西有些惊讶，得到林婉肯定的回答后，不觉放大声音向林婉竖起大拇指，"所以你什么都不知道就来了，那你也是'虎'！"

周围的人听到他这话以及他夸张的语气都忍不住笑出了声，林婉也"扑哧"一声笑了出来，现场的气氛一下活跃了起来。

秦连语身着红色修身长裙，乌黑的长卷发盘在一侧，气场十足地站在离大伙最远的一侧。

近些年，秦连语即使有些人气下滑，但在圈里仍是出了名的自视甚高。只是在现场越发融洽的气氛下，她也不觉向这边挪了一小步，离她近些的潘盼盼见状，顺势尝试着示好一般向她递过一块水

果，秦连语虽接过去了，但是看潘盼盼的眼神也依旧是瞧不上这样一位新人演员。

而杨林西见林婉没有因为他这话跟他生气，反而一脸开心的样子，也就放下心来，更是放开了地围在林婉身边，叽叽喳喳地跟她说个不停。

"快看，压轴的来了，听说是个超大咖呢！"从他们站的这儿正好可以看到大门口的情景，短短的红毯只延伸到四合院大门口，一辆打着冠名商标志和节目LOGO的黑色轿车稳稳地停在红毯末端，车门打开，先看到的是迈下车的大长腿。

"怎么还不走出来，真够吊人胃口的。"杨林西用手肘碰了碰林婉。

林婉拿起桌上的蛋糕，抬起头来。

林婉刚抬起头，就望见那人已经下车站在门口，脚步没有停歇，向他们走过来。

她愣住了，余城？

"是余城！余城会来参加这个节目？"杨林西激动得都快叫出来了，双手捂在胸口上，像是压抑着不让心跳太快，也不像刚才那般谈笑风生，一时间竟语无伦次起来，声音也再度拔高了不少，"林婉你知道吗，我……我是余城的偶像啊！"

余城？余城怎么会来？

林婉心里十分惊慌，被桌子挡住的手抓紧裙摆，极力地控制着自己的呼吸不至于太急促而暴露了什么。

"啊？你是他什么？你是他偶像？"而杨林西的话仿佛递给了

林婉一根救命稻草,来释放她此时的错愕与惊慌,旁人也只当她此时夸张的说话声和颤抖的声音是被身旁杨林西的话吓到了。

刚好,余城正走到了他们面前,面带微笑,弯弯的眉眼就像会聚光的星星一样望着林婉:"我偶像?"

余城的粉丝曾经这样说过,大多数时候,城哥都是冷冷的,拒人于千里之外,他这样的人气场里就散发出骄傲。但是当他真正笑进心里的时候,就像有无数的星星从他眼睛里闪闪发光,使人对着这片星河就能深陷进他的眼神里去。

而面对这样笑着的余城,林婉尽量让自己保持仪态的同时,条件反射一般地扯出一个尴尬的笑容,眼神闪避着想要避开他,话语中更是极力地想把他撇开。

"不是我,你问他。"她指指旁边激动得有些手足无措的杨林西,说完又急忙向离余城远一些的桌边靠了靠。

"偶像!"杨林西抓住时机,顺利挤到了余城跟前。林婉往后退的同时,周围的嘉宾都在往前靠,她的退出倒是给了人群一点空隙。

杨林西双手在衣服上使劲蹭了蹭,紧张地递出手去:"偶像你好!我叫杨林西,我刚刚一时紧张话都说不明白了,我才是你的迷弟啊!"

余城对林婉流露出的不自在不甚介意,这段小插曲也在现场不断地热议"余城竟然会来参加综艺节目"的声音中轻松翻篇,只是没想到会在镜头和后期剪辑中被无限放大,但这都是后话了。眼下,余城只是用指尖淡淡回应了一下杨林西,转身跟大家浅浅地打招呼:

"大家好,我是余城。第一次参加综艺节目,有什么不懂的地方还需要大家多多关照了!"

说罢,现场的欢呼声更甚,许多工作人员都是当时才知道,原来组里一直盛传却保密工作异常严格的重量级嘉宾,竟然是余城。

这个片段在网络上被各方网友单独剪辑成段,带着"完成夫妇"的话题,不断刷新着播放量和话题度。

"我城哥的眼睛里有星星啊!林婉?是谁?"

"已晕倒,别扶我。我就是想倒在我城哥的眼神里!"

"余城对林婉的态度和对别人的这个差别也太明显了吧!演都不演一下的吗?"

"莫名就有一种CP感扑面而来啊!这不是一档严肃的节目吗,请了杨林西这个逗笑的就算了,第一期就来组CP,不怕扑街吗?"

"但是我就想看组CP啊,不然还做什么综艺?"

"余城帅帅帅帅帅!"

"只求不是城哥公司捆绑来的新人拖油瓶,我城哥是实力派!"

"还真有这个可能,余城一进去就问她,两个人就像认识一样!"

"求科普啊,这个'矮萌'的林婉是谁啊?以前也没听过啊,新人妹子?求科普。"

点开话题这么久终于有人提到林婉了,只是什么叫新人?想她林婉已经出道有五年多了好吗,就这么没有存在感?

林婉撸起袖子,换上小号开始回复:

"你好,林婉,女,出道五年零三个月,两个月前在电影节获得最佳女演员奖,嗯,对,翻译过来就是'影后'的意思,不是拖油瓶哦。"

回复完后,林婉握着手机发出一阵憨笑。没想到点开话题真的有惊喜,跟她个人微博底下的评论画风不太一样,虽然还是有很大一部分余城的"女友粉"大骂林婉,但她寥寥无几的真爱粉看到这样一条回复,纷纷复制后在各个视频底下的质疑评论后回复,努力控评,林婉十分感动。

大家才发现,原来这个林婉已经出道这么些年了,而且还是影后?纷纷感叹这也太"透明"了吧。

"这么'低调'的影后?如果不是B站有颁奖视频,我都要怀疑这是商业吹捧了。"

"网上还有她的电影单人特辑,是女神无疑了!"

"可是为什么她和电影里相比胖了一圈?是觉得红不了想要以胖为由退出娱乐圈?有个性,已圈粉!"

一时间,很多网友的注意力都从余城和林婉的八卦上转移了些到林婉本身,大家才发现原来在浮躁的娱乐圈里还是有演技出彩、不争不抢、低调拍戏的好演员的。

林婉望着网友们的评论快要感动得泪流满面,捧着手机就差没有再随手回复感谢群众了。

终于火了,终于有人想要知道她了!

不管是因为综艺效果也好,还是因为余城的光环也罢,终于有人知道她了。林婉踏着她轻盈的小碎步在房间里哼着歌,她对于这种一夜成名的滋味实在是有些乐在其中。

　　林婉毕业于戏剧学院，虽说是正经表演专业，但也正因为是专业出身，所以在四年的学习后才更理解这一行的不易，毕业之后大部分同学都没有选择走到台前做演员。

　　林婉的同学一部分转向幕后，一部分出国深造，还有一部分更是一毕业就嫁人了。

　　而林婉自选择入行开始，身边所有人都以为她只是喜欢表演、喜欢电影，可是他们不知道的是，喜欢表演、喜欢电影是真的，想要出名，想要被更多的人看到，也是真的。

　　还有一个片段在网上也是热度不小，点击率增长得飞快。

　　"分组？"是余城的备采，依然是那个黑乎乎的背景布，他身上的白衬衫在这样的背景烘托下显得恰到好处，干干净净，棱角分明，"我很满意啊，特别好。"

　　在节目的游戏分组中，他和林婉分到了一组，话虽不多，只是嘴角的笑意让整个画面看起来充满了暖意。

　　"很期待吧，不知道之后会去哪儿，有些什么任务。"他歪歪头停顿了一下，"也不知道两个人之间会发生什么，总之，就是很期待了。"说完他笑着正对着镜头。

　　接着，镜头又转回了嘉宾们见面时的四合院。

　　画面中是余城微笑着走到林婉面前，而林婉手上正拿着块蛋糕，懵懵懂懂抬起头，一脸错愕地望着他。一个一米八五的大男孩和一个一米五八的小女孩，在慢放镜头中，那股子青春的酸臭味都蔓延出了屏幕。

　　最后这句话，是出自余城经纪人李昱，此时此刻他正在酒店房间里,和一众一起出差的工作室员工一起欣赏他的艺人余城的节目,而当事人正坐在一旁的沙发上,发呆。

节目组这样剪辑绝对是成心的,可是用余城来炒CP,在余城入行这么些年这是头一遭,果然是一线卫视啊,不怕得罪明星,大家都还得看台里的脸色做事,敢放开了手脚地搞事情。

"余城,你知道网友都怎么说你的吗?"李昱突然转身望着余城,把不敢向电视台撒的气都撒向了余城,"说你就像是千里送温暖的!"

余城淡定地回答他:"我知道,我看评论了,看样子这节目一定会火。"

李昱有些无法理解,余城这样做就是在千里给那个叫什么林婉的送热度。

现在娱乐圈里多的是小明星自己本身不出名,没有知名度,就想方设法地去蹭那些当红流量明星的热度,而余城作为目前男歌手中的流量担当,一大把小明星想要来蹭热度。公司给他的定位是优质发展,并非单纯的流量挂,所以不愿意让他沾染上这些,私下里也是费了不少劲儿来摆脱这些蹭热度的事儿。这些余城都是知道的,并且一直以来大家都有共识。可是这次李昱就想不明白了,余城这样自己把自己的热度往别人身上带,人家都没来跟你蹭,你自己还贴上去了,这得是有多想不开?

"你没毛病吧?"李昱有些摸不准这事儿了,"莫非,你把人小姑娘那什么了,被人逮着把柄威胁你了?"

余城放下手里的水杯缓缓从沙发上站起来,空出的手一巴掌拍

在他背上,算是使了六七成力气,把人拍得身子往前一栽,险些脸朝下栽在地上。

"想什么呢你,我是那样的人吗?"

"那不然呢?你编个好点儿的理由给我解释解释。"李昱稳住身子,又把屏幕中的暂停键点开,正好到林婉那段一本正经的采访,"你说这姑娘是不是傻,这种时候说这样一本正经的话,难怪之前也都是不温不火的。"

在李昱这样的金牌经纪人眼里,林婉这段采访简直是充满了瑕疵。这也就更加深了林婉在他心里就是靠着余城才能被大众所广泛认识的这个认知,否则就凭她这段采访?谁愿意浪费时间看这些东西?还不如去看《新闻联播》了。

余城抬起头看着大屏幕里林婉的大脸有些出神,脑子里浮现出比屏幕上更为稚嫩的一张脸:"她应该是想说,她的愿望是体验不一样的人生吧。"

李昱正整理刚刚乱掉的衣服,压根儿没注意余城说的话,同时不忘一边提醒余城:"下次录制时你注意着点,我可不希望我的艺人是个千里送热度的!"说完又抬头狠狠瞪了余城一眼,"是我兄弟也不行,你这太坑了!"

"知道啦,啰唆,不会亏掉你老婆本的。"说罢,他便丢下一众人关门走了。

回到自己房间,余城兀自站在阳台点上一支烟,望着不断升起又飘散在空气中的烟圈,待了很久才转身进屋。

其实网上对于余城参加综艺节目的议论也很多,只是被"完成夫妇"的热度挤下了热搜罢了。这是余城出道多年,第一次参加综艺节目,而且还是一档真人秀节目。

现在的真人秀节目是公认的过气艺人翻红以及小透明艺人吸粉的平台,讲道理就是适合秦连语,还有林婉这样的艺人,再加上重量级的嘉宾,有一个老前辈坐镇就够了。

按余城的资历,早就奠定了的国民认知度以及专业上无可厚非的实力,参加这样的节目只会让他陷入无边的舆论中,甚至让他这样从未有过任何污点的艺人,沾染上是非黑料。

不只是林婉一脸蒙,就连追随余城多年的铁粉们都没弄明白,城哥究竟为什么要参加这个节目。

"婉婉,"其实林婉也很糊涂她什么时候和杨林西这么熟了,杨林西连婉婉都叫上了,"可真羡慕你跟我偶像一个组啊,哪像我,跟老前辈一组,难不成还要卖老干部人设?这简直是想要了我的命。"

自从知道余城也是常驻嘉宾,杨林西就一直在林婉耳边念叨一定要和余城分到一组,谁知刚开始宣布分组他的这个梦想就破灭了。

和杨林西一组的正是刘瑜清老前辈,那是娱乐圈泰斗级别的人物了,出演过不少倾国倾城的角色。节目组把他们分在一起,应该也是想看看杨林西这样的人才能和德高望重的老前辈一起擦出什么样的火花吧。

"婉婉,你可是目睹了我对偶像的憧憬破灭的全过程的!"杨林西在录制间隙凑到了林婉跟前,一边说话一边摸出手机打开微信,

"为这个你就得加上我,录制的时候还能偷拍我偶像发给我。"

离开的时候,他还不忘向林婉晃了晃手机,低声提醒她:"记得偷拍啊。"

林婉无语。

但是在他们之中最年轻的女演员潘盼盼就没那么好运了,她和秦连语分在了一个组。

导演组宣布分组结果的时候,所有的嘉宾都一排站在一起,隔着余城,林婉微微侧身就能看到秦连语满脸毫不掩饰的不甘心,和潘盼盼的忧虑神色形成鲜明的对比。

而节目组需要的就是这样的场面,有更多的噱头炒作,再者,对于后期剪辑来说,嘉宾越敌对他们的剪辑素材就越多,工作越轻松。

林婉当时恍然听到导演宣布她和余城在接下来的节目中被分到了一组,才反应过来六个人中的四人都已经分好组,只剩下他们俩了。

她才稍稍平静一点的内心又掀起巨浪,要她和余城一组?这时林婉面上的错愕和不解都被她的随行导演一丝不落地拍摄了下来,当然,也一丝不落地被余城收进了眼底。

"林婉!"余城录完备采之后并没有离开,这会儿刚录制完从棚里走出来的林婉就被他叫住了。

林婉微笑着向身边的工作人员点了下头,微微示意后朝余城走了过来,就站定在这样白衣翩翩的少年跟前,当下就只有他们两人站在一处，只听他在耳边缓缓道来一声："婉婉。"

这一声"婉婉"，好像隔了好几个世纪，从遥远的心底里传来。

"嗯？"林婉忍住心底的万千思绪，心脏在加速跳动，还好周围比较吵闹，否则让余城听到心跳声那才丢脸。也亏得自己没有心脏病，否则这一天下来，都不知道发作多少回了。

"刚才的事情，你不能出头。"

原来余城叫住她只是想跟她解释刚才录制时候的事情。刚才她一时上头，在看到自家师妹被秦连语前辈瞧不上的时候，差点出言安抚，幸亏余城私下里拉了拉她的衣袖，制止了她。其实在余城叫住她的时候她就想明白了，那个时候，当时在场的人除了刘老师和余城，其他任何人开口都会被离开的秦连语所记恨。

"你说这个啊，我知道刚才是我冲动了。"林婉轻轻拍了拍刚才被她捏皱的裙摆，并未抬头看余城，"当时谢谢你拉住我了，不然可真是捅了马蜂窝了。"

余城顺着她的眼神望过去，见她平整的裙摆上出现个拳头大的褶皱，想起刚见面时桌子底下林婉紧张地捏紧裙摆，不过是他占了些身高优势，那张矮长桌还不足以挡住他的视线。

这拍不平的褶子怕是只有让表妹自己去处理了，录制这边没捅娄子，自己家里这位妹妹也不是个好说话的主儿。对于即将面对表妹沉默的低压，林婉的心情实在算不上舒畅，尤其还是面对着余城这位"始作俑者"。

"该谢的都谢了，我就先走了。"

余城听林婉的口气可算不上感谢，他只是站在原地望着她的背影渐渐走远。

不急,他们俩,来日方长。

这个余城到底想干什么?才去还过衣服的林婉刚刚在小表妹那儿受了恐吓,十分受伤的她抱紧童姐办公室的抱枕,眼神投向远处一言不发。所以在童姐问到林婉当天现场到底怎么回事的时候,林婉更是一头雾水说不出个所以然来,总不能说其实是余城上赶着往她身边蹭?这样的话林婉自认为说不出口。就算说出来,童姐也只会觉得她是在做梦吧。

林婉反复把先导片看了几遍,也许是第一期要给观众留下一些温情的印象,节目组几乎没有把秦连语和潘盼盼的矛盾镜头放进去,大多的镜头都在杨林西的叽叽喳喳和余城林婉的小暧昧上面,林婉也为小师妹松了一口气,刚出道就被送上风口浪尖的滋味肯定不会好受。

"你可别担心别人了,仔细看看你现在的情况吧!"童姐的话拉回林婉的思绪,"我是让你去上节目的,不是让你去抱大腿、去蹭热度、去跟人组CP被全网嘲讽的,你知道吗林婉?"

"童姐,我真没有想要炒CP的意思,"林婉不断向经纪人解释,小眼神可委屈了,"这不是节目效果吗,也不是我去签的合同,你干吗找我呀?"

说完,她不停拿眼睛瞥向童姐,意思是当初是你给我签的合同,这下你还来怪我了。

"林婉你个小白眼狼啊,你说这话意思都是我的不是了?"童姐双手叉腰，一口京腔拿得那是一个溜，"你知不知道我为了你去跟余城那边儿经纪人联系，人家都是怎么拿我开涮的？"

林婉歪头睁大眼睛望着童姐，示意她快些说。

"人家说了，他们余城可是个大人物，哪用得着炒 CP 呀，铁定是有的人买通了节目组给自己强行加戏。人家可还问了，说我们是不是私下里给后期组的工作人员加鸡腿儿了！"

林婉眼看着童姐气得一脸通红，自己却怎么也忍不住在办公室里狂笑不止，余城那儿还有这么好玩儿的人？加鸡腿？亏他想得出来！她还以为那些大牌艺人的团队里都是些古板无趣的人呢。

可是林婉转念一想，这不该啊，按着当时余城眼巴巴叫自己过去时那样，怎么说也不该是这样的语气。当然了，"眼巴巴"是林婉强行给余城加上的戏份。

"所以说，林婉！"童姐摇了摇头，眼前这个人笑得无比欢快，好像别人奚落的不是她似的，"要争口气知道吗！接下来给你安排的工作会很多，你得借着这股劲儿努把力往上走走，别给余城那边那小兔崽子看不起了。"

这下该轮着林婉憋得脸红了，而抓紧工作正是她所求之不得的事情，也不由得严肃起来。

"公司给你重新做了一套定位，"林婉直愣愣地盯着在桌子那头讲 PPT 的童姐。

公司都能为我做 PPT 了？我拿奖那会儿都没这待遇，现在一个真人秀才录了一个先导片就能有 PPT？可真是划算。林婉想起刚刚从办公室到这儿的一路上，从前公司里的人对她都是爱搭不理的，

今天一人一声婉婉叫得那叫一个甜。虽说有些势力，但是这种感觉倒还不错。

"林婉！"

林婉被童姐这一声吓得坐直了身体，双手一秒钟快速叠放在桌前，俨然一个小学生。

"好好听着！"

童姐讲了两页发现这小祖宗竟然走神去了，白瞪了她紧赶慢赶催着公司做的策划，又退回去重新给林婉讲。

林婉现在出道五年多，只拍过电影，拿的都是电影类的奖项，算是一个有些高逼格的电影咖。一直缺的人气也在这些天看到些起色，虽说是个好现象但也不能过高估计，娱乐圈不缺自持过高的笑料。

"所以，我该做些什么？"林婉对这些听得云里雾里的。

童姐也不跟她绕弯子，直接跳过中间部分跟她讲最后的重点："你现在要做的事，就是接几个中高端代言，低端的品牌可以不用涉及了，然后主要还是拍电影，电视剧对于你打开国民市场，增加国民认知度也是非常重要的，但是接电视剧一定要认真筛选，现在的电视剧太多烂片了。"

"电影里的烂片也不少。"林婉虽说大多都听不懂，但这个她还是有发言权的。

可这些不都是你这位团队负责人该考虑的事儿吗？林婉还是没搞明白。

童姐像是看懂了林婉懵懵懂懂的神色，提高音量向她郑重地表示:"所以给你的定位是高逼格,那你就一定不能瞎炒作,捆绑CP一定不能有,懂了吗?"

林婉看着面前这个音量不断拔高,想要给她造成一定压迫感的经纪人,咽了咽口水,把想说的话也咽回了肚子里,连连称是,只能在心里嘀咕着,看来今天童姐在余城那边真的吃瘪了。可这个CP是网友自己炒起来的,我要怎么控制?

错愕,慌乱,茫然,
也无法否认的心动喜悦。

林婉和童姐达成统一,认真投入工作,在真人秀节目录制结束之前不接戏。

林婉的原则是,如果要拍戏就得要一心一意,不接活动不接宣传,不杀青绝不向剧组请假。童姐正好非常欣赏她这一点,只在录制节目的间隙给她安排适量的杂志拍摄或者小访谈,一时间林婉也忙碌起来。

这天,林婉刚刚拍完杂志,坐在自家保姆车上优哉游哉地玩着手机。拍摄硬照这样的通告是林婉除了拍戏之外最擅长的,可以通过相机把她完美的身材比例呈现出来。

"婉婉,杂志方临时要给你加一段访谈,直播的形式,顺便拍几张照片做主刊内页,去吗?"坐在前排的童姐转过身来问道。

林婉今天拍的是国内某一线时尚杂志的副刊封面,临时加主刊内页采访,怎么,又是去救场的?

"去啊,人好歹是个国内知名杂志呢,捡漏嘛,不去白不去。"林婉收拾起手机,掏出包里的口红补了补,还好刚才没卸妆,"只是我说,再这样下去我就真成专业捡漏王了。"

小透明影后,捡漏王,不过几天时间,林婉身上又多了个标签。

采访地点就近选择在林婉住的公寓附近的咖啡厅,虽然点了很多甜点,但为了保持妆面,林婉忍住一口都没吃,耐心等着现场工作人员布光。

林婉的脸在镜头外看着并没有多夺目,甚至有些消瘦。但她这样的脸型天生适合上镜,尤其是在电影镜头里,她的脸和电影画幅有一个很好的协调比例,能够驾驭各种角色和情绪,天生的电影高级脸,所以每次现场布光或是机位的选择都不会太费心。

所以今天这么久的布光时间有些出乎林婉的意料。

"怎么了?"没人注意林婉什么时候走到灯光师的身侧去的,看着大大小小五六号人折腾着那么多灯箱,林婉忍不住开了口,"不用这么多灯都行。"

灯光师正指挥人手搬灯箱,一群人七手八脚地套柔光布,他们

大都是一个师傅底下的学徒,今天跟着师傅出外景,想要学些布光技巧,怎料嘉宾自己跑过来指导了。

林婉见这么多人齐刷刷盯着她看,有些不好意思地抓了抓头发,她也并非过来显摆,只是确实不用这么麻烦,想减轻些现场工作才开的口。

她愣愣地伸出两个指头:"就要两个光就行了。"

今天负责出外景的是一位年轻灯光师,刚刚试了几遍光都不太好,听见林婉这么说倒也招呼着停下手上的工作。

见专业人士并不介意,林婉便大胆起来,指挥着在现场的人手不到两分钟就布好了光,又转身坐在自己的位置上,向摄影师点头示意。摄影师在周围一众工作人员的注视下打开机器,不可思议地抬头望着林婉:"没……没问题!"

林婉自己也松了一口气,还好装腔成功了,要是失败的话可就真的丢脸丢大发了。

采访就是开着直播,大家一起聊聊天,有主持人暖场也不怕尴尬,时间还是过得很快,林婉也不觉得很累。

"所以下一次录节目,就是你和余城单独录制了吗?"

果然绕不开这个话题,主持人抛出这个问题后,直播间里的网友们都打起了精神等着林婉的回答。

"是啊。"林婉顿了顿,能猜到此刻直播间肯定被骂她的弹幕占满了,清了清嗓子,"有所有的工作人员守着,随身摄像和PD随时都会从角落里冒出来,就好像专程来Gank(游戏中,偷袭的意思)我们一样。"

主持人明显一愣，没料到她会这样回答，直播间被网友们的"666"占满，主持人只得顺势往下问："Gank？婉婉你平时会玩游戏吗？"

"是啊是啊，我很闲嘛，大多数时候都没什么工作，就玩玩游戏打发时间咯。"

这位倒是一点不忌讳自己没通告的事情。

弹幕里的网友依旧没有放过林婉：

"没工作你还好意思说？我是粉了个什么人哪？"

"哈哈哈哈哈。没工作你就玩游戏？你没有梦想吗？"

主持人依旧不死心："那你会邀请余城和你一起玩游戏吗？"

林婉早料到她会这样问，面对镜头忽闪着她无辜的大眼睛，一脸的无辜与真诚："不瞒你们说，我这个人从不邀请别人上我的'灵车'。"

"这个小姐姐还会打游戏？好感度+1。"

"哈哈哈哈哈哈哈，很有自知之明，但是确定不坑朋友坑网友就是对的吗？"

"摄像和PD来Gank你们？摄像和PD听了想打人。"

"没人觉得林婉属于越看越好看的类型吗，真的跟余城配一脸啊！"

"对！这么多年躲过了被余城圈粉，没想到没躲过他的CP，要粉要粉！"

"祈祷排位不要排到这个小姐姐，阿门。"

"所以,什么两个人录节目,这个主持人也太会带节奏了吧,还好小姐姐机智。"

对对对,终于有人注意到点上了!林婉结束行程后,坐在家里隔着屏幕想给这条弹幕点赞。这一次的直播算是给林婉拉回来了些好感度,捡漏也算是捡得值得。

"有人看了杂志方放出来的视频吗?哇,小姐姐还是技术党!"

嗯?杂志那边发视频了?

林婉迅速找到杂志的官方微博,第一条就是一个视频,封面上赫然是林婉的身影。

而底下热评第一条就是今天那位灯光师的评论:

"第一次给电影演员做外景布光,也是第一次认识专业的电影演员,向她致敬。"

甚至还配上了他们的微信聊天记录,是在直播结束后他在微信向林婉请教今天布光的对话。

其实这位灯光师已经很优秀了,只是对现场光源不熟悉,再加上他在一开始用给电视演员打光的方法没法凸显林婉的优势,面部立体不起来,所以耽搁了一会儿。

只是这一波下来,"林婉学霸""林婉布光""林婉电影脸""林婉捡漏"的话题热度噌噌往上涨,看来今年"娱乐圈捡漏王"的榜单林婉肯定得占个一席之地了。

就这样每天四处赶通告,小日子原本过得美滋滋,但是才刚刚安上"学霸"人设的林婉正预感到,距离这一人设的崩塌已经不远

了。原因嘛,就是此刻她正要赶往的通告地点。

"录歌这种事你怎么不跟我商量就签了呢?"林婉对童女士这样的行为非常不满,"我就这个唱KTV的水准,才建立起来的学霸人设就要被毁了童女士!"

这档真人秀的主题曲需要六位嘉宾来演唱,并且是根据节目分组两两组合录制,所以一直到先导片结束之后这项工作才被提上日程。到录制的这一天,林婉才收到通知。

"我当然知道你是什么水平,"童姐安抚林婉,"你别怕呀,'KTV水准'已经不错了,不是还有后期修音嘛,没事儿的。"

"可是,我的搭档是余城啊!唱得不好怕是我会被他的粉丝'黑'得以后只能生活在非洲了!"

林婉已经可以想到,在不久的将来,就会有源源不断的余城粉丝吐槽她,就单单一个拖余城后腿的话题她们都可以说出无数个样式,连着几天吐槽她都不重样的,可怕。

童姐默然,谁让你运气好,分到跟余城一组呢,签合同的时候又不知道你是跟余城录歌。

林婉这头为录歌这事儿焦头烂额,在车上鸡飞狗跳的。同样在赶往录音棚的余城一行人倒是轻轻松松,早就为今天的行程做好了准备。

"怎么着城哥,今儿去让他们见识见识什么才叫专业!"李昱对于林婉昨天热搜上的学霸人设十分不满,他眼里的林婉,就是机场那个裹张花布的小村姑,就是一段采访都说得正儿八经的,一点娱乐精神都没有的小透明。

李昱见余城没有回话，又继续说道："怎么，舍不得虐你CP？人家连就在一趟航班上都没认出你来，今儿不去出出气？"

余城今天没有戴墨镜，微微睁开眼睛瞥了眼旁边一直叽叽喳喳的家伙："你想我怎么出气？"

"这简单啊！"得到余城的响应，李昱脑子飞快转动起来，在娱乐圈这么多年，小花招还是不少的，"录音棚哎，那是你的天下啊！待会儿去稍稍动一下她设备的设置，管保没人看得出来，就让她多录几遍嘛，反正她都学霸咯，再加个敬业人设，算是咱们免费送她的！"

余城仍旧一言不发看着李昱在自己面前认真筹划着，以前怎么就没发现这个人忒坏呢？

"你上次怼了她经纪人还不够啊？还动设备，你当棚里就我们几个？我看这次是你要去给录音师加鸡腿吧？"说完，余城又闭上眼睛养神了。

只留下李昱由之前的兴奋激动，再到失望不甘，转念又贼心不死继续思考别的办法，直到到达目的地，车上都没人说一句话。

"明明可以趁录音师不注意就去动她设备啊！"等余城下车后，前排的司机憋了一路终于说出了真相。

李昱猛然醒悟，跳下车紧追着余城的脚步："余城你就是舍不得对不对？"

心里终于畅快些的司机哼着小曲发动车子，从后视镜看见俩人的身影越来越小，看上去好像余城很嫌弃地丢开黏上来的李昱，转个弯就不见了他们。

余城和李昱上楼后发现林婉已经到了,只戴着一只耳机坐在录音室外间的小沙发上,一只手拿着歌词谱子,一只手有节奏地在茶几上敲着节拍,看样子并没有注意到他们的到来。

李昱轻轻咳了两声,林婉被这声音打断,抬头看见门口站着两个人,定睛一看,是余城到了。

录音室灯光昏暗,恰逢外面正是阳光明媚的好天气,走廊里的阳光顺着他们打开的房门自余城身后洒进来,给黑色的人影镶上了金边,就像是电影镜头里拯救世界的超级英雄登场一样,林婉看得呆住了。

"你到很久了吗?"余城抬脚走进录音室,站在林婉面前。

意识到自己刚刚的失态,林婉尴尬地收回盯着余城看的目光,示意录音室的里间:"你到了就进去吧,大家都在里面了。"

录音室的外间略显狭小,只放了一套小沙发和小茶几,林婉自己在的时候倒还好,现在一下进来两个人,她也不好意思再坐着,连忙站了起来。

李昱叫住余城表示自己等下再来接他,临走前不忘十分困惑地看了看林婉,挺好的一姑娘,那天到底为什么把自己打扮成个村姑样?

并不知道自己在机场的囧样被面前这两个人尽收眼底的林婉,莫名被人这样打量,想起这位金牌经纪人的"加鸡腿",心里已经把李昱归到"精神病"一类了。

在被关进透明玻璃房的一瞬间,林婉拿着谱子的手心都在冒冷

汗，这是她第一次录歌，身边站着的还是余城，这份紧张在心里不觉又被放大了好多倍。

"Demo（样本唱片）听会了吗？"外面的人还在调试设备，余城看见林婉手上的谱子都在发抖，"别紧张，其实你唱歌不差。"

嗯？这是，来自专业人士的肯定？林婉抬头看着站在身边的余城，还是有些不确定："但我是第一次录歌。"

"你别怕搞砸了，"余城像是看穿了她的心事，"他们签一个演员来录歌就是做好了陪你重复的准备的，所以，只要你愿意，就算连续录二十四小时都是可以的。"

还有这种说法？

这时，林婉用余光看见外面的录音师脸色变得有些难看，他们听见了？林婉赶忙转身背对着外间，扒拉着用头发挡住脸，这下完了，还没开始录呢，就得罪录音师了。

一旁的余城倒是一副心安理得的样子。

那是了，他毕竟是专业的，反正之后出错的都是她，也只会是她林婉连累人家加班，甚至在他们眼里，余城也是她手底下的受害者。

想到这里，林婉心里刚刚建立起来的余城的正面形象又一次轰然倒塌！

余城被林婉狠狠瞪了几眼，见林婉没之前那么紧张，只用口型对她说了句"别怕"。

只是这回林婉却不再相信他了。

哼！我真是信了你的鬼了！

玻璃墙面外面，几位录音师各自操作着自己的设备，耳机里也传来了伴奏的声音，林婉定了定神，专心听伴奏。

然后，意料之中，第一句就进错了前奏，抢拍了。

"……我的'锅'。"这里没有KTV的前奏结束的提示，林婉负责第一句实在有些困难。

整个录音室不断传来林婉的声音：

"对不起！"

"啊，又错了！"

"错了对吗？什么，没错？啊啊啊啊！"

玻璃墙外的录音师们已经看到自己今天注定要加班的命运，彻底放弃了挣扎。他们看着在一旁陪着，却从头到尾一句歌都还没有录过的余城，心里对他的同情是成几何倍数地增长。

林婉见自己连第一句都耽搁这么久时间，更是慌了神。

"就算你把头发都抓没了，今天大家也都要加班，"林婉一着急就爱挠头的习惯一直没有变，余城伸手把她焦急地在身旁挥动的手臂按在身侧，"别慌，没人指望你一次就录好，你刚刚有几次已经进对了，相信自己，嗯？"

林婉咬紧嘴唇，双手捏紧了拳头。这是她第一次录歌，也是她好不容易得来的机会，甚至可以说是捡来的机会，所以不能慌，也不能放弃。

"好。"

虽然又错了几次,但好在总算偶尔几次进对前奏的时候,林婉没有自己立刻否定了自己,总算是在往下录了。

耳机里传来余城的声音,余城唱歌啊,是真的很好听。

这首歌作为余城和林婉一组的节目主题曲,节目组给他们两个的定位就是青春洋溢又带些许暧昧的,所以整首歌曲调轻快,歌词轻松,唱法也简单,对于余城这样的专业歌手来说根本没有任何问题,在林婉克服了首句进错前奏的困难之后,他们的进度还算是不错。

差不多录完了整首歌,二人走出录音室。录音助理贴心地为走在前面的余城递上一杯热水,余城顺手递给后面的林婉,对助理道了声谢,自己走到饮水机前:"还有哪儿有问题吗?"说话间拿起纸杯给自己倒了杯水。

刚才的录制,的确让人见到了余城在演唱方面的专业,还有林婉在这方面的,不专业。

"单独的部分倒还好,就是……"录音师说到一半,略显迟疑地望了眼林婉,"就是合唱的部分,其实林婉的音准甚至共鸣都很好,就是咬字,有些紧,和余老师的声音……有些不搭。"

其实大家都看得出来,林婉已经很努力在不给大家添麻烦了,但她毕竟不是专业歌手,再加上余城作为一位非常优秀的歌手,两人合唱一首歌,林婉的不足就会被放大很多倍。

一众人的目光齐刷刷看向林婉,林婉捏紧了手里的纸杯:"要重新录吗?我没关系,就是麻烦大家了。"说罢向大家深深鞠了一躬。

林婉不喜欢给别人添麻烦,但是唱歌这件事,她确实不擅长,既然添麻烦是避免不了的,那就只能自己加油,努力少添麻烦咯。

"没没没,不麻烦不麻烦!"这本来就是他们的工作,现在来他们台里的艺人都大牌得不得了,有时候直接留下一堆五音不全的音给他们修,所以林婉这一下让他们也是受宠若惊,录音师连忙站起来,"林……林老师你客气了!其实你声音不错,音准也没问题,就是咬字,那个,咬字要松一些,唱出来才自然。"

"我们平时练台词的时候就是讲究字正腔圆,也就是说唱歌就不用这样对吗?"

"对对对,就是这个意思!"这年头还虚心请教的明星真的太少了,录音师心想着林婉你快些再红一点吧,大影后向我鞠躬,还问我问题,这个牛皮我可以回去吹一年!"好多演员唱歌都是这个毛病,咱们这个是录音,待会儿只用重新录合唱部分就行!余老师其实都……"

余城打断了他的话:"我也再录几遍,刚刚有几句感觉不对。"

有吗?你都没听过录音你怎么知道不对?录音师心里犯起了嘀咕,明明已经很好了啊!余城的声音,在整个行业里都是被吹爆了的专业,出道多年,跟他合作过的录音师从未说过余城一个不好,绝对是一级的棒啊!

"婉婉,还要休息吗?"余城远远地把纸杯对准了垃圾桶,很好,扔进去了。

婉婉?还要再录几遍?感觉不对?录音师感觉自己好像知道了什么!眼神不断在两人之间打转。

"我还有几个问题想请教一下。"林婉一手拿谱子一手拿笔,往前走到录音师身边,连看都没看余城一眼。

录音师心虚地接过林婉递过来的谱子,站在一旁听她说话,悄悄看了眼余城,心里默念着,余老师这不怪我啊,这是我工作啊!要不我让她来问你?你也是专业的啊!

他心里正想着,就看见余城一言不发地走出了录音室,他更是惶恐,完了完了,这什么情况啊?生气了?

而林婉发现余城走出去却是不同于录音师的惶恐,她松了一口气,又专心研究她的咬字去了。

"对,就是这样!"林婉学得很快,录音师对于这样的学生很满意,准备招呼着进去录制,环视了几圈录音室都没有看见余城的身影,"哎,余老师呢?"

该不会是走了吧?该不会是真生气了吧?录音师打量着林婉,却见她一副漠不关心的样子,还拿着谱子念着歌词。这两位到底什么情况?录音师第一次这么迫切地希望自己是个情感专家。

余城并没有走,他只是到吸烟区去了。而面前这个"楚楚可怜"的人是什么时候出现的,他其实也不太清楚。

"余老师,能请你帮我指点一下吗?"潘盼盼算不上矮,但是在余城面前仍是需要抬起头才能看见他的脸。余城这样身高的男生

应该刚好可以看到她最好看的角度吧,潘盼盼心里暗想着。

很显然潘盼盼想错了,此时的余城,只看得见她的头皮……

余城一手靠着走廊拐角的栏杆,一手夹着烟,认真吐着烟圈,压根儿没想搭理她。

"余老师?"潘盼盼提高了些嗓音,原本清脆的声音此时也略微有些沙哑,想来是录音也不那么顺利。

余城转过身,终于看清面前这个拿着谱子一脸乞求地望着他的人,想起的却是另一张脸。一样拿着谱子请教人,只是找的却不是他。余城好不容易压抑住的烦躁再次涌上心头。

"不知道去问录音师吗?"余城把手里的烟头按在一旁的烟灰缸里,丝毫不在意眼前的小姑娘有多受伤,径自走开了。

"呃……我不是……我只是……"余城从吸烟区出来,把正站在门外的林婉抓个现行。

"哎,你干吗?去哪儿啊?"余城拖着林婉就往楼梯间走去,林婉吃痛想要甩开他的手,奈何力气比不上他,挣扎半天也只能被拖了过来。

"你干吗呢?"林婉警惕地看着余城。

余城失笑:"不走?"边说边朝着他们过来的方向示意。

林婉回过头正巧看到潘盼盼走过去,赶忙把脑袋挪进来些,但嘴上仍是不饶人:"我又不是故意要听的。"

林婉还委屈呢,去上厕所都能听个墙脚,这运气要是在狗仔队身上就棒了,刚刚那一段落花有意流水无情的戏码,狗仔们最喜欢

不过了。

"我们可以走了吧?都这么久了。"还有工作没完呢。

"嗯,走吧,"余城看着她欲言又止,"婉婉……"他还是叫住了林婉。

"嗯?"已经走出去到楼梯口的林婉回过头,停下脚步想听他说完。

余城深邃的目光像是要望进她心里,林婉只听见身后余城压低声音问她:"我就是想问问你,现在这么多人都看到你了,你开心吗?"

最终,余城都没有等到林婉的回答,只是愣愣地望着她的背影,看着她突然加快了脚步匆匆走远,只传来一阵急速而慌乱的脚步声。余城跟在后面脚步沉重,和林婉一前一后进入了录音室。

好在之后的工作进行得很顺利,不过两个人再也没有说过一句话。录制结束之后,林婉更是逃一样地离开了这里。

林婉慌忙回到了自己的休息车上,一手扶着座椅,一手扶着车窗才勉强让自己不至于瘫倒在车上。

她心乱如麻,脑海里不断回响着余城问她开心吗。

林婉呆呆地靠着车座椅背,想起的是小时候那段小心翼翼的时光。

那时候,林婉的继母是个全职太太,她下午放学回家得早,小林婉欢快地蹦跳着走进自家小区后,立刻收敛起她的愉悦,故作老成地一边敲门,一边喊着继母给她规定的回家敲门时应该说的话,大概整栋楼的邻居都知道这个每天就像机器人一样叫着"妈妈我回来了"的林婉。

这时候离父亲下班回来还有整整两个小时,屋子里只有拉着脸冷冰冰不说一句话的继母,低气压压得小林婉几乎喘不上气,匆匆跑回房间关上房门只顾着写作业。

可能那个时候的小林婉和别的同学最大的差别,就是她总希望老师留的作业多些,可以慢慢写,熬过只有她和继母在家的难挨的每一分每一秒。

整个家里的安静直到父亲回家才会被打破,可是林婉这时候也不敢轻易打开房门显露出自己的欣喜,生怕惹了继母不高兴。她已经很久没有拥抱父亲了,从继母跟她讲因为她是女孩子,所以要离父亲远些的话开始。

其实继母对她说过的话很少,只是句句她都记在了心里。

直到吃饭,林婉才小心打开房间门故作淡定地走出来,家里的另外两个人都看不出其实她早已在房间里竖起耳朵,关注着房间外的热闹很久了。

"爸,我今天拿到期中成绩了,都是得的 A。"饭桌上,林婉把头埋进饭碗里,她怕等会儿父亲夸奖她时,她忍不住会露出些许的得意,那样又该挨骂了。

"是吗?我家婉婉真厉害。"果然,刚刚还在和继母聊天顾不上林婉的父亲把注意力转移到了林婉身上,而他还想说什么,却被一旁林婉的继母打断。

一旁的继母一手端着饭碗，一手给林婉父亲的碗里夹了一点蔬菜，对他说："多吃点菜，"接着看似轻描淡写地说道，"可是我听说，咱们家楼下的曹家闺女曹可，好像都得的是 A+。林婉你可不能放松，这次这个成绩只能说明你没有退步，你得要进步才行。"

林婉小脸通红，不觉已经吃了好几口白饭了。耳边听见继母还在说这次放假要林婉多抄几本作文书才行了，不然怎么跟得上呢。父亲则在一旁连连称是，直夸她待林婉真像待亲生女儿一般。

林婉放下饭碗匆忙说吃饱了，转身藏进房间去，生怕再多待一会儿脸上的羞愧更甚。

就连自己的亲生父亲都不曾重视过她，她又怎么去奢望其他人的关注呢？

她努力学习，她帮助同学，这些到了继母口中都变成了唯唯诺诺，不会拒绝。她至今都还记得继母高高在上满脸嘲弄地看着她的样子，对她说："林婉，你看，你不就是个没有朋友的可怜虫吗？"

她一直以为自己从未刻意回避，只是也不愿意去主动提及，很多事情只放在她心里最底层的地方。就像小时候的这些事情，她已经很久没有想起过了。

"婉婉，开始录制了。"听到助理的声音，林婉打开车门，今天是第一次录制正片。林婉和在一旁等着她的随身导演打了个招呼，一起朝指定地点走去。

这几天下来，林婉不断给自己做心理暗示，无论如何节目要继续录下去。就像余城说的，现在已经有很多人都看到她了，那些过去的事情离她现在的生活已经很遥远了。

而余城,林婉看着已经在远处等着的余城,和记忆里少年向她走来的模样渐渐重合。

她原本以为,有些不可能的事情就只在心底最深处想想就好了,偶尔想一下,再放回去,只是为了取悦自己,就一小会儿,让太苦的心有那么一点点的念想,过后就再不惦记、不执着。

可是当余城走到跟前了,余城对她笑了,余城关心她了,这时候她才发现,有个人就是这样,你曾经幻想过九十九种再遇见他的方式,最终你们却以第一百种方式再见,所以你错愕,你慌乱,你茫然,也无法否认你的心动喜悦。

林婉和余城第一期要去体验老北京的冰糖葫芦制作工艺,学习这些匠人的制作手艺以及体验一天他们的生活。

节目采用分发任务的模式进行,林婉和余城接到的第一个任务卡里,就只有一个门牌号。

看着任务卡上的提示,林婉有些犯难。她和余城都不是土生土长的北京人,面对着面前四通八达的胡同,林婉自觉让她在里边走上一天,连能不能走出来都是个问号,更别说还得找人了。

"婉婉,走了。"林婉愣神的时候,余城已经走进胡同了,却发现本该一起的林婉还在身后发愣。

林婉加快脚步追上已经走在前面的余城:"你来过这儿?"不然为什么不怕迷路……

余城没想到原来林婉愣在那儿是在想这个,这会儿给她耐心

解释。

"我们不是有门牌号吗,胡同里每一户的门口都有这样格式的标识,既然他们让我们从这儿进,那应该就是在附近了。"

林婉顺着余城的手望过去,果然每一家的门口都有跟任务卡上格式一样的门牌号。只不过这么多巷子,什么时候才能找到他们要去的地方呢?

"不是我们以后每一期都要这样找吧?"林婉皱着眉头,她可不想好不容易上个节目,就在无穷无尽的找路中度过。按她不认路的本领,别说圈粉了,怕是现在为数不多的粉丝都得脱粉。

余城看着她眉头紧锁,一脸谨慎的样子,笑容加深了些:"没事儿,我带你找。"

他们这会儿一个慎重地挨家挨户盯人门牌,一个在一旁就像散步一样,望着认真的女孩满脸微笑。旁边的工作人员都想问问他们,你们到底是谁在带谁找?

最后,林婉放弃了自己一个一个地对门牌号,她发现这些巷子四通八达的,稍微一个弯转错就会离他们的目的地越来越远。

于是她转换策略边找边问,林婉笑起来脸上的酒窝就好像能装下不少甜酒一样,很是招人喜欢。再加上她嘴儿也甜,一口一个阿婆爷爷地叫着,一路走过来,胡同里的那些爷爷奶奶就差没领着她过来,没多久还就给她找着地方了。

走到大门口,林婉三两步跳上台阶,转身面朝旁边那个说要带她找,实际什么力都没出的余城,居高临下地得意地笑着。

"怎么样,是我带你找着的吧。"

余城看着这样意气风发的婉婉，向她点头示意："是，你厉害。"

林婉听着他服软的话，更是得意地仰着头，故作大摇大摆的姿态走进了院子。

童姐刚巧赶到现场，正看着林婉大步走进院子的背影，同在摄像机背后的李昱一副吃瘪模样，她心里暗爽，谁叫你当初那么狂？好婉婉，这下长脸了。

童姐这边刚夸完林婉，里面就传来林婉高分贝的喊叫，她满心后悔刚刚夸了林婉。她这个艺人能不能让经纪人省省心呢？童姐无奈跟在摄像师背后走进了这间屋子。

一走进去，映入眼帘的场景着实让她也吃了一惊。不是说这儿就是要找的手艺传承人的住址吗？这一大口锅是什么情况？

刚刚在找路过程中的主力林婉，此时还在望着这空无一人的屋子生气。余城已经反应过来了，用"我已经看穿你了"的犀利眼神望向蹲在他们前面的导演："导演，还有什么任务是吧？"

林婉却还蒙在鼓里，不懂余城在说什么，一边还用眼神询问着他，直到导演笑嘻嘻地从怀里掏出一张任务卡后，她才恍然大悟。

"哎，导演，你们套路怎么这么深呢。"林婉痛心疾首地走到导演跟前，就像看着自家不懂事儿的孩子一样摇了摇头。

余城和林婉在这个屋子里的任务是熬糖浆。桌上摆的都是整块的黄糖，那口大锅就是他们熬糖要用到的锅。

林婉用手试了试那口锅的重量，对正在桌前研究糖块的余城中

气十足地喊道:"壮士,这口锅可就靠你了。"

她没有看到她身旁摄像举着机器的手不自觉地抖了抖。

余城和她在屋子的两端遥遥相望,只见另一端的余城举起一大块长得跟石头差不多的糖块向林婉挥了挥:"好啊,那这块糖就拜托你了,女侠!"

林婉抬手,左手握拳右手在上向他行了一个揖,这时候余城已经走近,顺手在她头上轻轻一敲:"快去吧你,可别偷吃啊。"

林婉望着一桌子的糖不自觉舔了舔嘴唇,快步跑开了。

一天的录制很快就结束了,林婉熬糖浆弄得浑身黏腻得慌,不知道是因为温度太高出的汗,还是糖浆太甜都腻在身上了。好在童姐过来时给她带来了干净的衣服。

场记打板结束后,林婉站在大锅前面整张脸红彤彤的,被童姐领着一蹦一跳往胡同外走去,活脱脱一个采蘑菇的小姑娘模样。

李昱也走到余城跟前去:"壮士,你还看呢,人都走远了。"

余城收回眼神恶狠狠瞪了他一眼。

"哎哟,刚才别人这么叫你可不是这样的,你可是美滋滋叫人家女侠呢!"李昱愤愤不平得很,"刚才那丫头的经纪人也是,恶狠狠的,一看就是个大龄单身女青年,激素不太平衡,雄性激素过旺心火太重!"

余城向节目组的工作人员道别,同时眼角含笑对他低声道:"我看你是雌性激素过旺,这样也不好。"说罢也紧跟着朝胡同外走去。

助理开车带着林婉和童姐往回走,林婉换好衣服后刚拿到手机就接到杨林西打来的电话。

"婉婉,你和我偶像录完了吗?"

"录完了呀,正往回走呢。"林婉抽了几张纸,一直到现在她都还在流汗,可见今天熬糖浆有多热。

"你们做糖葫芦的不懂我这个烤鸭的痛,你知道我们今天干吗了吗?"林婉听着他声音都快哭出来了。

"我们抓鸭子去了!"

吓得林婉一下端坐起来,又露出和下午一样对节目组痛心疾首的神色,太坏了,节目组真是太坏了。

想着电话那头的杨林西,林婉实在不好意思笑出来。

"我是年轻人,还是个男的,我总不能让刘老师下场去抓鸭子吧?我就追着那个鸭子跑啊跑啊,我觉得我长跑都没跑过那么远啊!"

"扑哧——"林婉这回真的忍不了了。他的描述太有画面感,想着一个大男人在饲养场追着一群鸭子到处跑的样子,林婉突然就释怀了节目组让她对着大火熬一下午的糖。

接下来两天的录制,节目组依旧花样百出,她和余城一起削竹签,一起洗山楂洗草莓,一起再去寻找手艺传承人,她只要想到杨林西抓鸭子的场景,就会觉得节目组还算是待她不薄的了。

"这两天见你傻笑好几次,这么开心?"最后一个任务,是她和余城要在老北京街头卖他们做好的糖葫芦,此时他们正推着手推车往摊位点走去。

"你知道,杨林西他们是什么任务吗?"林婉压低声音,故作神秘的样子把余城逗乐了。

他假装不知晓的样子:"什么任务?"

只有林婉沉浸在"抓鸭子"的画面里没看出来余城的捉弄,还在继续卖弄道:"他们做北京烤鸭去了。"

"哦?那什么好笑的?"余城算是打定主意要陪她演这一出。

林婉却不自知,还没讲什么事儿自己倒是险些大笑出来,又想着这还是在摄像机跟前,使劲儿给憋回去了:"杨林西第一天就抓了一整天的鸭子,他说他长跑都没跑过那么远,哈哈哈哈哈——"

说完,林婉就忍不住了。

周遭的工作人员都暗自扶额,现在的女演员笑点都这么低?

林婉笑过一阵发现余城一点反应都没有,抬头看见他正眯着眼睛看着她。林婉见状猛地低下头,尴尬得脸通红,也不忙着推车了:"不……不好笑?"

随行的工作人员见林婉这副样子都哄堂大笑,余城在一旁推着车快步逃离了现场。

回想起余城刚才那副模样,明显是早就知道了!恍然大悟的林婉扮上恶姑娘的样子朝他们吓了吓:"你们太坏了!"说着便跑上前去跟上推着车走在前面的余城。

余城见她跟了上来也就慢下了脚步,没等她先开口诘难就先发制人,微微笑着,腾出一只手敲了敲她脑袋:"傻姑娘。"

林婉脸上刚退下去的红晕又升了上来,刚才满脑子埋怨的话此

刻也都忘得一干二净。

接下来这一个环节的录制她都静悄悄的,只专心收钱。揽客什么的就交给余城,反正他名气大得很,这里来来往往的几乎没人不认识他。

林婉这一下午说得最多的就是"谢谢",除此她几乎不说话。后来她差点收错钱,余城无奈说要没收了她的"财政大权",吓得她赶忙捂紧了钱匣子。

终于结束这三天的录制,林婉感觉拍戏都没这么累过,在车上有气无力地盘算着这个空当要好好睡个几天。

"别,你这几天有个任务。"童姐坐在副驾驶,从车内后视镜里看见林婉倒在后座,整个人就像没骨头似的,"你可别倒,这几天你得从原来住的地儿搬出来,我给你找了一房子,你原来那儿太偏了,平时赶通告都太远。"

林婉一直住在一个老小区里,每次赶通告都得提前好几个小时出门,是很不方便,虽然早就想换地方,但由于资金不足,在北京这寸土寸金的地方,地段好些的房子,之前的林婉连厕所都租不起。

"行,那我可以找搬家公司吗?"林婉眼睛都没眨一下就答应搬走,童姐还以为她不会同意。

"搬家公司?"童姐抄起面前的一抽纸巾就朝林婉打过去,"你是怕狗仔找不着你家位置,给他们指路呢?"

林婉按住正打在自己身上的纸巾,缓缓起身,正儿八经地问道:"会有狗仔来拍我?"

童姐寻思了一会儿："嗯，好像是不会。"

"除了搬家，在下次录节目之前你还有件大事儿。"童姐语气严肃，从包里翻出一沓纸递给林婉。

林婉接过来翻了两下。

"剧本？"

林婉再翻过去看了眼封面的剧名和导演。

"吴桐导演要拍古装电影？"林婉迫不及待地翻开剧本认真读起来。

吴桐是这一代导演中唯一的一位女导演，在电影圈那可是巾帼不让须眉，国内外获奖无数。林婉还在戏剧学院读书的时候就十分仰慕这位女导演，对她的叙事手法和电影的用色都赞叹不已。

这些童姐早就知道："知道你喜欢她，这次这个角色也是你没有尝试过的，好好准备。"

林婉把头点得跟捣蒜一样，又沉浸到剧本里面去了。不愧是吴桐挑中的剧本，不愧是吴桐的第一部古装电影，就连剧本都有很浓厚的"吴桐"的气质。

《云卿》是一部大女主的电影。不似甄嬛、芈月，而是真正的大女人。她的爱，不是谁对我好，我就爱谁，你若转身对别人好，那我就不要爱你。而是更加真实，更加成熟，爱你是不假，但我的生命里除了爱你还有其他重要的事。这个道理，在今天许许多多的剧作中都被忽略了。

林婉看完手上的剧本后，对编剧充满了敬意。

"童姐，什么时候去试镜啊？"因为只是试镜，林婉只拿到剧情梗概和薄薄几页剧本，实在有些意犹未尽。

"要下周去了，等你搬完家刚好。"时间卡得也正合适，试镜结束刚好录制下一期的节目。

林婉最后一晚睡在这张小床上，脑子里老想着白天录制时候的事情。

余城的态度实在让林婉摸不着头脑，自第一天录制遇见他起，林婉表面上有多平静，内心就有多慌乱。

小时候，她天真地坚信着，总有一天她会以一个自信而闪耀的样子再见到余城。后来时间慢慢流逝，林婉还是那个不怎么闪耀的人，躲在自己的舒适圈里，一边想要抓住每一个能让她站在大众面前发光发热的机会，一边安慰自己，成长路上教给你一些道理的人，不一定会陪你到最后，甚至你学会这个道理，代价就是他的离开。

当她好像是劝服自己了，相信这个人再也不是她能靠近的人之后，转角又忽而相遇。

站在最高的地方等她。

"婉婉你看,有人在天涯给你和余城'盖楼'呢,叫什么,深度开扒完成夫妇相处粉红,现在是天涯娱乐版块的最高楼了。厉害啊婉婉,人气爆棚!"

今天是林婉搬新家后第一次在家做饭,正在厨房忙活的林婉现在十分后悔叫了苏一梨过来。

"朋友,这么多吃的都堵不住你的嘴?"

"这是事实啊,你看你现在多红啊,真是三十年河东三十年河西,哪里还是当年羡慕我一个小网红的时候。"酥酥拿起林婉刚刚炸好的丸子就往嘴里塞，"你……还记得……你当时……"

"你可别说话了吧！边吃边说你也不怕呛着了！"林婉打断她，哪里不记得呢，在她最落魄的时候，酥酥都还能靠着自己微博千万粉丝接几个广告糊口，而她在等待接戏的空当，连个微博推广都接不了，被拒绝的理由是，粉丝数过少。

好不容易把丸子咽下去，酥酥又开始叨叨了："你说你们上一期，被人截图那么多小粉红，还真是配一脸。"

林婉又夹起一块丸子直直地塞进酥酥嘴里，端起盘子走到餐桌边："您可闭嘴吧，为这个CP的事儿，童女士已经暴走了！"

"怎么，童女士也觉得你这姿色不配抱余城大腿？"

林婉觉得她这个闺蜜可能是垃圾堆里找来的。

"你走吧，我突然不欢迎你了！"

酥酥连忙抓紧门框，坚守在厨房门口的阵地上："我是想说，我和童女士可不一样！我觉得余城的姿色不配抱你的大腿！"

"哟，那你这想法可真别致，咱大中国全网上下独你一个。"

酥酥想起林婉微博评论下的惨状，也笑不出声了。她是经历过网络暴力的，知道那玩意儿多可怕："你可别整抑郁了，到时候我还得给你推荐医生。"

"你就舍不得你那帅哥医生，我还看不上呢！"

就在她们说话间，两人的手机突然同时响起熟悉的推送声。

林婉最近听见这个声音心跳都会漏掉一拍。

酥酥看了一眼屏幕，转过手机把屏幕上的大字凑到林婉眼前：

"婉婉你去超市都不戴口罩的？还有没有点职业操守？"

屏幕上赫然写着：

"林婉独自现身超市，疯狂采购惊呆路人！"

连个报道都要不断提醒林婉自己逛超市都没人陪的事实，这就很气了。林婉握紧手上拿着的铲子，真想抡爆这个编辑的狗头！

酥酥赶忙把铲子从林婉手上抢下来，反正偷拍的人和写新闻的人都不在，林婉面前只有她这个闺蜜的项上人头，为了安全，她认定林婉现在并不适合靠近这样的"凶器"。

点开内页，网友们的"表演"才是精彩绝伦。

"林婉一个人吃这么多？不会是和余城一起的吧？"

我就不能吃这么多？林婉点开图片，她推着的超市购物车都满得冒尖了，她好像的确不能吃那么多。只是她旁边坐着进门就没有停过嘴的酥酥，又转念一想，那我还不能有个能吃的朋友了？

"买的好多都是菜，要自己做饭？"

是啊，穷，点不起外卖。

"她这副样子摆明了就是等着人去拍啊，买这么多就是想让人误以为她家里还有别的人，比如我城哥什么的，太有心机了！"

朋友，你内心戏好多，怎么不去做编剧？黑人问号？

"婉婉，"酥酥终于舍得放下手里的零食了，"你发现没，自从和余城一起录节目，你就一直在上热搜。"

嗯？所以呢？

酥酥继续说："你是不是应该给人包个大红包之类的，表示一下感谢，谢谢他让你拥有了上热搜的能力。"

林婉无语起身，顺带抓起手边一大包薯片扔向酥酥："你还是吃东西吧别说话了！"没好气地走到餐桌旁对着忙活一早上的成果拍照，又飞快地编辑微博"嘀，您的好友厨娘婉婉上线，@苏一梨_酥酥"，最后点击发送。

"吃这么多是要付报酬的！快去帮我转发！"说什么也要洗清她刻意捆绑余城的冤屈。

酥酥得令后立刻找到林婉的微博点击转发："婉婉女神亲自下厨，必须好吃。"

"什么？我本命女神和我才粉上的小姐姐认识？"

酥酥回复："不是认识，而是发小。"

大家才发现，她们确实很早以前就互相关注了。

微博底下的评论再次爆炸。

"是闺蜜餐？"

"心疼林婉，不演戏的发小都比她红。"

"所以问题来了，到底是酥酥比较能吃还是林婉比较能吃？"

"哇，长得好看的都跟长得好看的一起玩！"

"艾特余城，你CP做饭给闺蜜吃，下次让她做给你吃！"

"艾特余城，你不去帮忙吗壮士？"

"艾特余城，城哥你是堵路上了吗？大京城今天真的好堵对吧！"

最终还是没逃脱CP粉的轰炸，甚至余城自己还来给林婉的微

博点了赞,什么"林婉买菜""林婉酥酥""林婉网红""网红发小"又一次承包了头条。

看到林婉的超市买菜照的时候,余城正在机场候机,北京的工作结束他也要回去了。在看到微博底下很多艾特他的粉丝回复后,忍不住给林婉的微博点了赞。

原本还想转发的他编辑微博删删减减,最终还是把手机放了回去。点个赞就好,转发什么的,还太快了。

收起手机快步走到登机口,直到余城登上飞机,他的机场照被记者发出来,大家才知道原来林婉真的没有邀请余城。

尽管如此,网友们对于余城的点赞还是再一次沸腾了。

CP粉们仿佛看到了春天,而余城的唯粉纷纷表示都是为了节目效果,转战节目组官方微博,大骂节目组捆绑余城不厚道,流量明星的带节奏能力实在不容小觑。

这一切都丝毫没有影响林婉和酥酥的午餐,酥酥一边给林婉普及当遭遇网络暴力的时候,就该把这些人都当作萝卜白菜,告诉她把这些小喽啰都吃掉来发气!一边不停地把肉往自己这边挪。

直到童姐发来微信。

"林婉,你做那么多吃的你是要长成气球,飞上天和太阳肩并肩?"

林婉立刻罪恶地放下碗筷回复:"童姐我没吃,都是酥酥吃的!"

"你做的那些一大半都是你爱吃的,你以为我不知道?"

嗯……经纪人太了解自己的口味也不太好。早知道就该把菜都马赛克掉再发了。

"还有那个余城是怎么回事,还嫌给你招的黑粉不多?你俩到底什么情况,不就是第一次合作吗,他是没和女嘉宾合作过还是说对你一见钟情?"

"这个我可以在童女士面前给你做证,余城对你绝对不是一见钟情!"嘴里还叼着一缕青菜的酥酥偷瞄到林婉的微信界面,忍不住帮腔道。

林婉一边让酥酥少多嘴,一边马不停蹄回复童姐:"我哪知道他哪根筋不对,反正下了节目就没联系的人,要炒作也没东西炒不是?"

"你看看你现在,做个什么不被人捆绑到余城那儿去?我辛辛苦苦拉扯出来的影后以后是不是还得说是他余城的功劳了?"

不得不说,童姐自带的预言帝 bug 还是很不错的,这句话在不久的将来果然得到了应验。

林婉发现童女士确实是吃醋了,赶忙回复:"不,你才是影后背后最伟大的女人!没有之一!"

一旁的酥酥眼鼓鼓地盯着林婉:"那我呢?"

"你?"林婉指着酥酥碗边围得满满的肉骨头,"你是那个最胖的女人!"

酥酥怨毒地望着林婉,对着碗里的肉发泄。

网络上关于林婉和余城的热度一直不减,甚至还在不断攀升。

大家现在好像都很喜欢看帅哥美女的搭配。

这么多天观望下来,林婉发现不少的妈妈粉,几乎每天都有很多个坐拥几十万粉丝的博主对余城催婚,甚至还有粉丝不断在余城微博底下"安利"林婉,让他多发现一点女孩子的美,场面一度十分热闹。

不过很快,就到了电影《云卿》的试镜。林婉换上一身黑色的练功服,素面朝天,一头长发盘在头顶,坐在车上仍旧专心研读着剧本。这个角色十分善舞,尤其擅长战舞,林婉花了好大劲儿练了好久才重拾了一星半点曾经的舞蹈水平。

林婉今天这一身打扮倒是有模有样的,不像是演员试镜,倒像是个去面试的舞蹈生。

"听说吴桐导演也在舞蹈学院选人,我还担心你比不过人家,看你这架势,"童姐上下打量着她,"还真有舞蹈生的样子。"

林婉十分坦然地接受了童姐的夸赞:"我大学形体老师也这么说,毕竟我腿长,比例好。"

童姐:"……"

她已经放弃了和林婉的交流。

来试镜的人很多,一下车便能看见很多披着长发戴着墨镜,浑身散发着"生人勿近"信号的人陆续走进这栋楼,再一窝蜂拥进试镜的那层楼。像林婉这样不戴墨镜不披头发的画风清奇的选手,在其中就显得有些不伦不类。

和这样一群脸都只露出三分之一的人一起上楼，导致站在试镜地点时，林婉都不知道自己身边的这些同行到底是谁。倒是别人把她看了个明白，这种感觉实在有些不好受，她只得快步躲到楼梯拐角处，面朝墙壁站着，试图把自己在人群中隐匿起来。

"哟，最近的大红人也来试镜？"

最近的大红人？不知道是哪路明星，看来吴桐导演的戏真的竞争激烈。林婉不免烦躁，用脚尖点了点墙角。

林婉很想知道是哪位大明星来了，又不敢回头，只是等许久都没有听到回答，连林婉都忍不住为开口说话的人尴尬。

只听那人轻咳一声后，又放大了些分贝，原本尖细的嗓音在这只是有些低声交谈声的走廊里显得十分突兀和凌厉："怎么，有些名气就摆起身段来了？"

林婉只好抬起头，一双熟悉的凤眼正怒视着她，心下疑惑，再定睛一看，这人不是秦连语吗？

"你……您是……在和我说话？"话才刚说出口，林婉就后悔了，现在谁不知道她们一起录综艺？她说这话不是明摆着表示两人不熟吗？

这个梁子算是结下了。林婉自觉自己今天可能不适合说话吧。

"哼！"果真，秦连语听了林婉这话扭头就走，浑然不顾周遭这么多同行诧异的眼光，留下林婉尴尬地站在原地。

早知道就戴上墨镜出来了！就她这种走到哪儿就把人给得罪到哪儿的自带属性，真不知道什么时候就被抛尸街头了。

　　试镜的人还在源源不断走进来,这段小插曲很快就被大家对于吴桐导演和这部新片的热情所带过。

　　林婉今天的目标非常明确,就是奔着女主角来的,不像别人试一个角色不行可以换另一个角色试试。她只想要女主角,因此她拿到的试镜剧本只有一份,翻开却是两场跨度很大的戏。

　　一场是女主角云清和恋人诀别的戏,是云清结束少女懵懂时代转向她传奇一生的重要结点。

　　云清一直暗暗对自家表哥情根深种,不曾告诉任何人,偶然听见表哥竟要和自己最亲的姐姐订婚,云清深知自己肩负着整个氏族的期望,决心将这段少女的暗恋放在心里更深的角落,踏上她注定传奇的人生道路。

　　还有一场是云清已然成为一国之后,敌国来犯,大战在即,她站在三军将士面前为他们送行,一席铿锵有力、气势磅礴的话令全军沸腾。

　　今天来试镜的面试官都是清一色的女性,看来是不可能有人来配合给林婉搭戏的。这样对着空气的无实物表演,自然是难不倒当年戏剧学院的"戏霸"林婉。

　　在试镜名单上的一众女演员里,吴桐十分看好林婉,她看过林婉的几部电影,很有灵性。

　　林婉记熟台词,环顾整个试镜间再确认一下摄像机的位置,在心里默默规划出自己待会儿的走位,闭上眼深吸一口气,开始她的表演。

　　无实物表演非常考验演员的信念感,以及对环境中假想物的物质感的把控。林婉扮演的云清从步伐轻快一路小跑进屋，到随手拿起"茶杯"仰起头大口喝水，举手投足间不过几个动作，就把少女时代云清的潇洒畅快表现得淋漓尽致。

在云清大胆中又带有羞涩的眼神中，云清的暗恋对象"齐临"缓缓走入，只用眼神便将画面刻画得有模有样，向一众长辈行礼后目光忽而触及跟随在众人身后的姐姐，云清又有几分不解。

在长辈们的交谈里，云清的眼神由震惊到不敢相信，再到极度地绝望，又不得已暗暗克制，这份强烈的情绪不能让戏中"在场的人"感受到，却要极具冲击力地把情绪传达给荧幕外的观众，情绪的把控点十分难找。

难以在那样的环境中再待下去的云清脚步踉跄地退了出来，跑出一段距离猛然停下脚步，缓缓回望，没有绝望，眼中满是不舍留恋，却在收回目光的一瞬间，充满了坚决。

周围还在等待试镜的人纷纷被林婉的这一段表演所震撼，这一段表演不敢说是"教科书级"的，但绝对是极具张力和层次的表演。这样一来，在林婉后面试镜的人都更加紧张起来。

第二段表演其实没有第一段那么难，那个时候的云清已经是气场十足身居后位了，角色只需要把控好当时的人设和所处环境，说到底难度并不大，林婉完成得十分顺畅。

"谢谢你的表演，非常精彩！"

能够得到吴桐导演的肯定，林婉已经觉得不虚此行了。被偶像夸奖，她害羞得脸上红扑扑的，心里更是锣鼓喧天礼乐齐鸣，瞬间

化身小迷妹。

"我知道你最近在录一档真人秀节目,"吴桐笑笑,"特别火,我也在追。"

参与试镜的几位面试官在对面也都笑了起来,有的还在点头附和,表示自己也在看。

吴桐导演追自己的节目?如若林婉不是站在这几位行业内的顶尖前辈面前,她一定无法克制住自己要跳起来了。

"所以,"吴桐话锋一转,"你能保证我们拍戏的进度吗?我可能不太会接受我的演员跟我请假。"

这是就定了林婉的意思?周围人群里更是议论纷纷。

"这个没问题!"林婉回答得很爽快,决定来试镜之前童姐就已经看好档期了,这部电影得在三个月之后才开机,而这季节目录制节奏很快,最多两个月就会结束录制。

吴桐得到林婉肯定的答复,向她点了点头:"行,那你回去等通知吧。"

林婉向台前深深鞠躬后离开,这就结束了?白穿这一身黑的练功服了。

"童姐,你猜我碰见谁了?"林婉一溜烟钻进车里,迅速套上外套,注重养生的中年少女可不能把自己冻着了。

"谁啊?"童姐其实并不感兴趣,她只关心林婉试镜怎么样。

"秦连语啊!"早晨的热水现在还很有温度,看来这个保温杯质量不错,林婉心里暗想,"她该不是来试云清她姐姐的吧?我才把人得罪了,以后一个剧组每天低头不见抬头见的,那我得多尴尬啊。"

童姐一个巴掌拍向林婉:"你还想着尴尬?得罪了人还好意思了是吧?"

"对对对,童女士教训得是,小的不该得罪人,小的知错了!"林婉双手抱拳向童姐弯下腰,在童姐面前懂得卖乖是必修课。

"这么说,你是觉得你肯定能进咯?"童姐才想起林婉刚才已经在忧虑进了组以后的事情了。

"那是啊!"林婉回忆起刚才吴桐导演的夸奖,整个人轻飘飘的,"林婉戏霸出场,就没有拿不下的角色!"

童姐一言不发地看着眼前这个浑身是戏的人。

"嗯……也不是确定,"林婉在童姐犀利的眼神下被打回原形,娱乐圈的事情千变万化,没有签合同之前没有绝对的事,"就是……发挥不错,嗯……是还不错。"林婉还是要给自己挽回一些些颜面。

"还戏霸,"童姐对林婉给自己的定位不屑一顾,"我看你是戏精吧。"

林婉没有理会,解下盘在头顶的丸子头,一早上捆得她头皮生疼。反正今天已经得到偶像的表扬,童姐再怎么说她,此刻她心里也都是甜的。

"待会儿我们就在你楼下等你了,收拾好行李快点儿下来。"

"干吗?要去哪儿?"林婉一头雾水。

童姐无语道:"发给你的行程你都不看的吗?去上海录节目啊!"

这么快就又要录节目了？去上海啊……林婉终于不再闹腾，安安静静地坐在车上，惹得童姐怪不习惯连连回头看。林婉侧着脸望着车窗外出神，只能从偶有闭合的双眼确定这个人还活着。

林婉是在北京念的大学，毕业后经纪公司也签在北京。都说北京上海是娱乐之都，仔细算算，林婉到上海的次数并不多，也不是刻意避着，其实就是……众所周知的原因，没通告嘛。

但这并不代表林婉对这座城市有什么好感，对于接下来要在这里录节目，林婉心里还是有些抵触的。

更何况还是和余城一起录节目。

记忆里，余城简单一句"我要回去了"陡然带来的悲伤情绪，以及余城离开小城那天，拎着书包路过林婉身边，却头也不回大步走过的背影，到现在回忆起都能让林婉突然鼻酸。

初春还未正式入夏的天气还是有些凉意，经过上次超市被偷拍，林婉也长了个心眼，等下是要去机场，被拍是免不了的。想起之前回北京时在机场不堪入目的装扮，林婉自己都能被自己恶心半天。

当林婉下楼与童姐一行人会合时，已经换下了练功服。身着白色大毛衣，前面一截塞进黑色牛仔裤显出细窄腰线和笔直修长的腿形，一双黑色极具OL气息的高跟中靴再次拉长身型，半丸子头恰好地冲淡这一身装扮的严肃，增加几分俏皮，墨镜只用手指钩着，另一只手则是拉着她红色的行李箱。

这样一身装扮自然不怕机场有人跟拍，林婉走得也十分自信。

到达机场时，林婉把墨镜戴上，一手拿着手机一手推着行李箱，她黑白装与红色的行李箱都十分抢眼,演员对镜头有一种天然的敏感,很快林婉就感觉到周遭有镜头正对着她,她也难得配合地放慢了脚步。

"婉婉,可……可以给我签个名吗?"

林婉一行如此高调,身边很多赶路的人都认出了她。

林婉停下脚步,接过粉丝递上来的纸笔,爽快地签下自己的名字。

"谢谢女神!"拿到签名的粉丝十分激动,"我超级喜欢你,你要照顾好自己哦。"

有自己的粉丝真好,林婉觉得他们太可爱了,脸上绽放出大大的微笑:"嗯,你也是。"说完又继续往休息室走去,只留下粉丝还站在原地激动不已。

林婉这遭还在休息室候机,网上关于林婉的机场照就已经放出来了。林婉看了看照片和底下的一致好评,不禁感叹肤白貌美大长腿就是她本人无疑了,顺手自拍几张,发了微博,正巧候机无聊,她干脆捧着手机乖乖等夸。

"林婉婉,你真的要去上海?"

哎?酥酥怎么知道?

她回:"你暗恋我还是监视我?"

"你那个CP余城暴露你了,你就等着下飞机被围堵吧。"

余城?

林婉看了眼在一旁云淡风轻毫无波澜的童姐,觉得还是不要问

她的好。暗自点开微博,看见她刚刚发的机场自拍微博突然多了很多转发。

其中最热门的转发就来自余城。

"那就,上海见咯 [期待][调皮]。"

这个余城,每天不皮一下不开心是吗?林婉瞬间焦头烂额,这下完了,怎么跟童姐解释?怎么跟她好不容易才收归麾下的万千粉丝们解释?

很显然,林婉根本不用担心她的粉丝。

"啧啧啧,去上海当小媳妇?"

"城哥是要尽地主之谊吗?好好招待我们婉婉。"

"我能说我原本是余城的粉丝吗,现在本命果断是林婉,毕竟颜控啊!但是仔细想想应该都是一家的,瞬间就心安理得了。"

"第一次粉上一个女神,竟然还希望她早些把自己嫁出去?"

"你们打算什么时候生孩子?"

林婉的男友粉?呵呵,不存在的。

实在是两个好看的人站在一起,就会自动让身边的人都献上所有早日结婚生孩子的祝福,余城和林婉就是属于这样的人。

但是这样的说法,对于固执的童女士来说,是行不通的。

林婉一点不担心下飞机的时候怎么应付,她觉得那些都比不过童姐的唠叨。

"林婉,你必须和这个余城讲清楚,下了节目之后大家拍拍屁股各自走人,可没空陪他造作!"关掉手机的前一分钟,童女士终于舍得看了一眼微博,才发现自家门前的小白菜又被隔壁余姓猪仔拱了一波，很气。

"你不是都去跟那边团队讲过了吗？"林婉示意童姐小声些，这是客机，不是私人飞机。

"那些大团队臭架子大得很，我就联系过那一次，还被怼了。"是了，被人说给剪辑师加了鸡腿，以至于现在童女士见着鸡就有徒手折了它的腿的冲动。

童姐即使压低了声音，但嗓门依旧很尖："所以这个事情必须你去解决。录节目的时候，避开摄像机，然后狠狠地拒绝余城！"

林婉拉了拉她的手，试图结束她的白日梦："醒醒好吗，我拜托你了。人家要求什么了你就拒绝？人家是要跟你借钱还是怎么你了。"

"他要拱我的小白菜啊！"童姐义愤填膺道，"绝对不允许！"

小白菜？林婉戴上眼罩，陷入一片黑暗中，在心里默念，黑夜给了我黑色的眼睛，我愿意用它躲开童女士的折磨。

下飞机时，林婉果真遇到了一大波粉丝接机，忙于签名合照的林婉根本不知道，有人在一下飞机就迫不及待开机跟大家分享：

"哈哈哈哈哈。老子憋笑憋了一路，在飞机上偶遇林婉，她经纪人说林婉是小白菜，拒绝余家那只猪仔来拱！笑死宝宝了，林婉可能有个假的经纪人吧！"

这一条路人微博又一次引起了轩然大波。林婉和余城的完成夫妇CP粉们再次高潮，让余城要冲破经纪人的枷锁再努一把力，早日抱得白菜归！

时至今日，林婉身上的标签又多了一个，这次是什么——小白菜。

到底是人性的扭曲还是道德的沦丧？这是来自林婉内心深处最诚挚的疑问！

站在酒店阳台上俯瞰底下，二十二层以下的地方都收归眼底。

曾经林婉对这座城市抱着十分热切的幻想，这里是有多美好才能培养出那么美好的人哪！即使后来这座城市又带走了那个人，但他给当时的林婉所带来的阳光和温暖是无法抹去的。

只是长大后的林婉，不再对这座城市有所希冀，甚至排斥这里，这儿就像林婉心底的秘密一样，被她避开，被她掩埋。

第二天和节目组的会合地点在茂名南路淮海中路，林婉想，她应该能猜到他们要去干吗了。

林婉一大早就到指定地点待命，远远看着刚下车的余城接过身旁助理递上的透明玻璃餐盒向她走过来。

"这么早，没吃早饭吧？"余城把盒子拿到林婉面前，林婉看清里面是一盒成瓣的橙子，"我早上从家里带出来的，先吃点儿。"

林婉接也不是不接也不是，眼尾的余光看见周围路过他们的工作人员都是一副"今天天气真好，咱们拍摄日期真是选得棒"的表情。

面前的余城也是，拿着食盒的手就递到林婉面前，一副"你不接着我就不收回来"的样子。

来来往往布景的人不知怎么都爱往这儿凑，有意无意都要往他们身边"路过"，再若有似无地瞄几眼。

眼看着来往的人多起来,林婉没法,一把接过来,只急促地道了声"谢谢",便刺溜钻到一旁的小角落躲起来了。

"伙食不错啊婉婉,"刚刚不知去哪儿的童姐这会儿才冒出来,"你来出差还带水果?你真的是得橙子病了吧?"林婉爱吃橙子她知道,只是不至于这样吧。

"咳——"林婉差点没被她气噎着,嘴里还包着吃的,说话嘟嘟囔囔的,"你刚去哪儿了?都不说来帮帮我,这是来自隔壁余家猪仔的供奉!"将食盒假模假样地往童姐面前递了递,"你吃吗?"说完立刻收回了手,生怕童姐说一句要吃。

童姐一听这话惊得不行,敢情余城真看上她们家婉婉了?一直到开始录制,童姐都对林婉寸步不离,就差在她和林婉身边立个牌子,上面写上:余城与狗勿近!

林婉昨天果真没有猜错,节目组这一次给他们的任务,就是观摩学习上海海派旗袍的手工制作工艺,学习匠人精神。

"你们今天要去的店名叫艺涵旗袍,要找到里面手艺最好的师傅,完成所有挑战任务之后,对方会给林婉做一套旗袍。"

林婉和余城站在一排摄像机面前,认真听导演安排任务。

"咱们节目的女嘉宾福利真好,艺涵旗袍哎,绝对的女孩子梦想中的旗袍!"到了上海,林婉就把领路的任务交给了余城,自己只顾在一旁说说话来暖场。

"你梦想里还有旗袍?"

"我看《花样年华》的时候,看着张曼玉穿旗袍,真的太有

气质了,那才叫女人哪!"林婉想起女神在电影里的样子,再加上王家卫导演独特的用光手法,整部电影梁朝伟的存在感几乎没有,张曼玉往那儿一站就是所有人的焦点。

而上海旗袍,是她小时候的一个梦,自那个人出现后,被许下的一个不曾实现的,可望而不可即的梦。

在摄影机没有拍到的空隙,林婉深深地望了眼余城,一秒的认真,转瞬即逝。

一路嬉嬉笑笑,倒是很快就到了艺涵旗袍的门口。

林婉紧跟着余城走进店里,过五关斩六将,辨认盘扣样式,再将这些精致的盘扣准确无误同哪个年龄的人群适合使用配对,终于一路来到最后一关,一共请出了四位年纪不一的旗袍师傅,要辨认哪一位才是真正的旗袍大师。

在之前的一系列游戏中,余城充分展现出他对旗袍的了解,而林婉,则是充分展现出了她的无知……

这最后一关自然还是要靠余城了。余城的摄像给了他很多特写镜头,懂传统会国粹的男人,认真起来真的很吸引人,这期节目一经播出,余城铁定圈粉无数。只是林婉想到自己能够收获一件艺涵的师傅做的旗袍,这比圈粉还让她开心。

"这最后一关就交给你啦。"林婉拜托得十分坦然,眼底也是眉飞色舞的,对余城十分放心,"我就等着你给我赢旗袍了!"

听完她这话,余城不自觉地伸出手在林婉的头上揉了揉,眼神里也尽是温柔:"好啊,你就跟着我躺赢吧。"在节目录制的第二站就献出了完成夫妇的首个摸头杀,连希望爆点越多越好的节目组都觉得是不是有点太快了。

上海，旗袍，录这一期节目不只是林婉心里很忐忑，余城也是。

最后，余城不负众望准确找出了艺涵旗袍手艺最好的朱师傅，也将由朱师傅带着二人一起来完成一件旗袍。

旗袍的制作实际十分烦琐，单单就量身这一步骤就有整整二十六个数据需要测量。有经验的老师傅凭借这些数据，就能在脑海中描绘出最后的成衣。

朱师傅一边为林婉量身，一边向二人讲述传统海派手工旗袍的制作细节。正说到旗袍最注重"可身"，正站在原地一动不动被测量数据的林婉忍不住接话："这个我知道！"如果她再不说话，这期节目录下来播出的时候，可能她就是一个人肉背景了吧。

朱师傅放下手中的卷尺，刚才他在后面对于林婉之前的表现可是看得清清楚楚，此时也很想知道林婉究竟会说些什么。

终于不用挺胸收腹的林婉顿时松了一口气，她换上一贯的嬉笑模样："这个可身就是指，旗袍多一分肥，少一分窄，料子薄就得紧一些，料子厚呢，就要松一些，留出些空隙才好。"

朱师傅点点头，证明林婉说得没错，手上也没停下，举起卷尺继续量尺寸。林婉见状又慌忙提起气收腹，还不忘得意地向余城递个眼神。

余城在一旁，不紧不慢地说："来之前做过功课了？"

不知是不是提气太久大脑有些缺氧，林婉根本不经思考，直接脱口而出："这不是以前你奶奶说的嘛，旗袍是最讲究可身的，所

以要实际测量尺寸……然后……嗯……制作……"

说到最后,林婉的声音越来越小,现场的交谈声也渐渐减弱,导演、制片、摄像师们都瞪大了双眼,天哪,这可是大新闻啊!

他们以前就认识?林婉这是……自爆?

余城明明眉头紧锁却还面带笑意,看不出喜怒,只一副"是你自己说出来的"样子,是打定主意的见死不救了。

林婉吓得整个人都松垮下来了。

她刚刚说了什么?以前?余城奶奶?她今天是不是带错脑子出门了?

朱师傅却是不管这边这位大明星说了什么话,只顾着量尺寸,见林婉又忘记收腹,轻拍她的肩膀。林婉回过神又立刻提气,一直到录完节目这口气都没松下。

"怎么,小伙子的奶奶是做旗袍的?侬是上海人呀?"朱师傅问起了林婉口中会做旗袍的余城奶奶。

"是,"余城恭恭敬敬地回答,"但是她年纪大了,已经快十年不做了。"

"也是手工的哦?"

林婉心想,是啊是啊,也是手工的。只是再也不敢开口说了。

"是的,她还做苏式。"在余城眼里,婉婉更适合穿苏式旗袍。

录完今天的节目,林婉松了一口气,收起自己的"招牌假笑",半咬着嘴唇一脸严肃,余城也知道她现在的复杂心情。

节目打板结束后,余城只跟她说了句"谁活二十几年没几个认识的人呢"就走了,林婉则是被童姐像拎小狗一样拎着离开的。

"这就是……那位?"李昱有些明白余城自碰上林婉后的反常了。

余城没有理会他。李昱心下明了,不否定那就是肯定。

难怪余城一直对这个林婉上赶着,看来两个人以后是免不了又会有一段故事,李昱看着余城一言不发望着林婉离开的方向,想起八年前他签下余城时候的情形。

"你为什么要选择这行?"

彼时刚刚进入娱乐圈的余城不觉得李昱这个问题有多傻,也只是认认真真地回答他:"因为,我要离一个人更近一些,我就当先帮她探探路吧。当初说好一直唱歌给她听,既然见不到面,那我就站到最高的地方,唱给她听。"余城停住了,只一会儿,李昱听见他说,"然后,在那个最高的地方,等着她。"

那个时候,李昱回忆,那年的余城不过是音乐学院大三的毛头小子,而林婉也不过才是戏剧学院大二的青疙瘩,就算是未雨绸缪,也太早了吧。

早吗?其实不早了,毕竟,我们错过了整整十二年,我等得够久了。

一路上,童姐也没说林婉什么,一直到回到酒店,电梯到二十二层时候"叮"的一声把她们的魂都扯了回来。

走出电梯,林婉叫住童姐:"童姐,明天录完我还有什么工作吗?"

"暂时没安排。"

"我想回家一趟。"林婉自出道就跟着童姐,就连逢年过节都从没提过回家。

得到童姐肯定答复后,林婉挤出一个不那么好看的笑容,道了句"明天见",双手交叉抱在胸前,像是有些冷的样子,转身回自己的房间。

你是我天大的小秘密。

第二天的录制虽然过得提心吊胆,但好在没有再出错。录制一结束,童姐就带着林婉十分惹眼的红色行李箱出现在现场。

"晚上不聚餐了?"刚才工作人员起哄让余城尽地主之谊,余城也应下了,转身却发现林婉看着像是要先走的样子。

林婉从童姐手里接过行李箱,婉言拒绝:"不了,下次吧。"又觉得应该想个像样点的理由,"还有一个半小时,飞机起飞。"

她并不想告诉余城她要去哪儿。

"好,下次单独请你。"

什么？什么时候就成单独请了？林婉一脸蒙。

"快走吧，别误机。"

不容林婉拒绝，余城招手拦下路边一辆出租车，把她的行李放进后备厢，再打开车门把愣在原地的林婉塞进去，司机一脚油门，余城就在车窗后变得越来越小。

林婉高中毕业考到戏剧学院，去北京读大学之后再也没有回过家。自大四签约出道那年开始，她每个月都给家里寄钱，只是从不回来。

小城还是那个模样没有什么变化，外面世界飞快地变迁仿佛与这里无关，这里的人大都偏安一隅，有些闯劲的年轻人也都外出了，所以这里的一切，都还是林婉熟悉的味道。

回到家乡，林婉更是把自己捂得严实，从行李中翻出一条薄围巾将原本已经用口罩和墨镜遮住的脸再严严实实地围了一圈。

这里大多的人都是看着林婉长大的，她并不想被他们认出来。

即使这样一身装扮更抢眼，即使这样回头率更高，但至少就算被多看了几眼，也没人能认出她来。

小城只有一条主干道，往旁边走有一条不算太宽的河一直断断续续地流淌着，水流量一直也不多，到了冬天的枯水期更是几乎干涸。

林婉顺着河边吹着风，这条路曾经走过千遍万遍，如今再走倒是换了心绪。

沿河岸走到尽头是一所中学，林婉中学时代的六年都是在这里度过的。这条沿河边走到正门口的路，在林婉初三那年，她宁愿绕远一些走侧门，也再没有走过这条路。

从门口望进去，教学楼再新一些少一些，操场再宽一些，立在中间的那棵桂花树再矮些，就仿佛真的回到了那一年。

林婉初二开学报到的第一天，诸事不顺。

酥酥发短信跟她说，班主任正在教室挨个检查作业让她抓紧些来报名。但是正要出门的林婉发现语文作业不见了，正在房间翻箱倒柜。

好不容易找到作业，林婉慌忙将散在书桌上的书本一股脑塞进书包里，冲出家门，沿着河边好一阵小跑，额头上都冒出一层薄汗。到教室时人都快走光了，酥酥向她招手，林婉赶紧凑上前去，可算是赶上了报名。

林婉是班里最后一个报上名的，如果不是成绩好，班主任一定会觉得她是在家赶作业才到这么迟。

原班生报完名，就到插班生了。

林婉这才注意到教室里站着一位并没有见过的同学，应该是这学期来的插班生吧，还背着个包。林婉心里悄悄在猜。

酥酥拉着林婉朝教室外走去，林婉边走边回头好奇地望了眼这个转校生。正巧他也在看着林婉的方向，两束目光触及，转校生友好地向林婉微微一笑。

林婉没想到偷看竟然被抓个现行，赶忙惊慌失措地收回自己的目光。又觉得这样做不太好，慌乱间又匆忙转过头去，尴尬地对新

同学微笑回应,却见他眼角带着浅浅的笑意,好奇地打量她。

已经回应了别人的善意,林婉顾不得细想新同学若有所思的表情,加快脚步跟着酥酥走出教室,只是心里还在悄悄嘀咕着,这个转校生,长得还不赖。

"同学!"这一路上都是来来往往的家长和学生,不免有些嘈杂,但这个声音在其中还是显得有些突出,是因为好听吗?大概是吧。

但是依旧没人回应,他又加快脚步往前赶了赶,这次他直接迈到了两个女生面前:"同学!"

这是?刚才那位转学生?林婉和酥酥停下脚步面面相觑,原来是在叫我们啊。

"我叫余城,这学期刚转到咱们班,"说着,他便从兜里摸出手机来。林婉还记得那是一部小小的诺基亚,黑色,很薄,余城的手按在上面,很好看。

"以后咱们就是同学了,我刚来,有什么不懂的还得问你们,咱们留个电话好联系呗。"

面前这个人一点都没有初次见面的羞涩,倒是林婉憋红了脸,犹犹豫豫不知怎么办。

"好啊,"正巧旁边还有个更是自来熟的酥酥,省去了林婉的许多麻烦,"我叫苏一梨,她是林婉,我把她号码也念给你吧,我都记得。"

交换完手机号,酥酥再次一手挽上林婉的手臂,腾出的另一只手向余城挥了挥:"走了啊,明天见。"

"明天见。"而林婉回头正巧见着余城弯着眼睛望着她,点点头后又跟着酥酥走了。

其实,我早就知道余城笑起来很好看了,比你们都早知道。

后来余城大火,全网通稿都在议论这位"新流量"时,林婉私心里想。

林婉曾想,一个人长得好看,他的成绩好坏都可以被忽略,好像长得好看的人做什么都是对的。

但是如果他长得好看,成绩还特别好,就值得林婉侧目了。

报名那天,林婉觉得余城长得特好看,当时的她可讲不出什么"棱角分明""五官立体""骨像高级"……

后来知乎上有很多关于余城长相的分析,有些还是上万字的帖子,看得林婉一愣一愣的。

当年她怎么就只想到"好看"两个字就完事儿了呢?

第二天,开学的第一次班会,听班主任讲,在转学生的入学考试上,余城各科成绩接近满分,估摸着期中考能考个年级前十是没问题的,让班里的同学多跟他请教。

所以一下课,余城周围就已经围满了人。

酥酥的座位在林婉前面,现在正转过身来,两人望着余城座位前围着班上近半数的同学:"这哪是昨天那个说什么不懂就问我们的人哪,这人气,啧,了不起。"

的确,这哪里还是昨天在河边叫住她们要手机号的新同学?班里一大半同学都围上去,而他在人群中谈笑风生。林婉看了看就收回了目光,太光芒万丈的地方,林婉自觉还是离远些为好。

这一天下来,班上大半的同学对余城马首是瞻,班主任也任命他为班长,一时间好不风光。

所以,他天生就是要被人仰望的吧,不管是过去,还是现在,甚至未来。

后来他们渐渐熟悉后,林婉心里更是坚定了这个想法。

"我以后一定会回去的,而且是要风风光光地回去!"余城说这话的时候,眼睛里似乎都在发着光。林婉仰视着他,仿佛这个光芒也照在了她的身上。

"你呢?"

也许是在余城营造出的充满自信的气氛影响下,林婉受到了鼓舞,说出了她从不曾提及的,一直压抑在内心深处的渴望:"我希望,以后我能站在最显眼最高的地方,一个所有人都看得见我的地方,被人口口相传,不会被忽视。"

这话若是说给别人听,一定会笑她异想天开吧,他们一定会告诉她,有些人天生是要被人仰望,而有些人注定就要去仰望别人,比如她。

可是,余城不会。

余城伸出手,揉揉林婉的头发,声音不大却语气坚定:"那林婉,我们就一起加油吧!"

余城这个班长还没等到"新官上任"就被老师撤了职。

林婉回想起余城刚转来班里的那个星期，如果她是老师，也铁定不会让这样的转校生来当班长。

余城不过是刚转来一个星期，就已经俨然成了班里的混世小头头，上课睡觉，下课聊游戏，放学去网吧，还带着班上男生一起，着实令老师们头疼。

林婉回忆着班主任当时悔不当初的样子，现在都觉得好笑。

刚开始的时候，她还以为是转来了一个优秀的好学生乖宝宝，那股子激动兴奋样，就差把余城捧上天去了。过了没多久，余城就到处给她捅娄子，各科老师都纷纷来告状，她心里怕不知多想回去抽当初的自己俩巴掌，真是打脸。

只是余城在林婉心里的高大形象还是一直都在的。

不管他多贪玩，考试成绩依旧名列前茅，而林婉每天放弃许多的休息时间，拼了命地学习，也只能在中上水平盘旋。

世界上怎么会有余城这样的人呢？轻而易举就能获得别人想要却又得不到的东西。比如成绩，比如同学和老师的喜爱。

余城在林婉心里就是一个谜一样的人，神秘又危险，才是最最吸引人的。

林婉从没有想过自己会去网吧这种地方。

她站在门口，耳边传来一阵嘈杂，里面的人都在大声吵吵着林婉听不懂的话，林婉看着里面"宛如仙境"般烟雾缭绕，不断传来二手烟呛人的味道，便只在门口徘徊不前，犹豫着进不进去。

往常的周末,林婉都是在家自习,极少出门,更别提到网吧这种地方了。这是她长到这么大,第一次站在网吧门口。

是为什么没有去过呢?后来的林婉不止一次问过自己。大约是自己天生就是个无趣而又中规中矩的人,即便那里对于她来说就像是余城一样,神秘得让她想要靠近,但是她也能感受到这股神秘背后的危险,这种感觉让她只能却步。

如果不是那天在家被继母大骂,林婉也是绝对不会出现在这种地方的。

也许真的如继母所说,我就不配拥有朋友吧。这些话听得多了,就仿佛成了真的一样,一点一点刻在林婉的心上。

也许,做个坏孩子,就会有人重视了,我就不是她口中的"孤独癖",就不是她口中那个没朋友的人了。彼时林婉心里对于"坏孩子"的定义,第一条就是进网吧。

我要变坏一点,做个乖宝宝太没意思了。想到这里,林婉身体里两个在拉扯和挣扎的小人已经分出了胜负。

正当她要抬脚走进去的时候,身后突然传来熟悉的声音打断了她的思绪。

"你到底进不进去?"

林婉猛然转身,却没想到身后站着的是余城。这时候的他们还只是普通同学,连朋友都算不上。

余城已经站在后面看着她好久了,也摸不准这个人到底想干吗,就堵在门口。

从报名那天以后,林婉和余城就再没说过一句话。

"哟，是你啊。"林婉还没来得及开口，余城已经认出她了。

看着林婉站在门口犹豫不决的样子，余城只觉得有些好笑："要进去就进去，不进去就离远点儿。"

林婉刚想开口解释，这一口气提起来突然就被里面飘出来的二手烟的味道呛着了，一阵咳嗽。

这位"好学生"的假模假样让余城一阵发笑，他手往裤兜里一插，靠着门口的柱子一脸的嘲讽："还咳嗽呢？闻不惯烟味儿？那你还来这儿干吗？麻溜地回去呗。"

说罢，他目光越过林婉，十分不屑地侧身绕开她大步走了进去。林婉只得在一片烟雾中依稀见着他越来越模糊的背影。

一言未发的林婉不知道是咳嗽得满脸通红，还是因为满腔辩解的话都没来得及说出口，而憋得满脸通红。只是她好不容易鼓足的勇气，被余城这么几句话说得又败下阵来。

余城说话，好像一直是这么呛人。

林婉回想起就在不久前，她拖着行李被余城塞进出租车上的样子。都这么多年过去了，她在余城面前，好像还是那个说不出话来的小姑娘。

那天，林婉确实没有再站在网吧门口了，但是最后她也确实没有走进去。

还不想回家的她坐在网吧对面的奶茶店里，点上一杯奶茶，坐在高脚凳上晃着腿，透过玻璃看着对面进进出出的人。

这些人看起来大都是些中学生，有的甚至还穿着校服。

　　林婉正看着这些出神，远处一个熟悉的身影猛然闯入了她的视线。这个身形，这身打扮，这不就是他们班主任吗？

　　林婉刚反应过来，骤然间心跳加速，她不会是来逮人的吧？

　　正想着，班主任又走近了些，眼看着她的目的地就是林婉对面这个网吧。以前只听说过班主任会在周末的时候到网吧去闲逛，去抓班上一些偷偷上网的男生，没想到今天让林婉给撞上了。

　　她条件反射地往奶茶店的角落里缩了缩，又突然想起刚刚进去了的余城，这么一会儿时间，她并没有见着他出来。

　　林婉紧张到不行，只小心地探出一点脑袋。班主任这时已经走到奶茶店门口，再过个马路就要走进网吧去抓人了。

　　林婉飞快地掏出手机，调出余城的号码拨出去，以前她从未觉得电话里的"嘟"声这么漫长。

　　好在余城接电话还挺快，电话刚刚接通，林婉也不等他"喂"一声，径自喊道："余城你快躲起来，班主任在外面，她马上要进网吧了！"

　　这回是林婉不顾对方的反应，挂断了电话。

　　林婉将电话紧紧攥在胸前，余城应该听清了吧？刚刚她已经说得很大声了。

　　余城应该来得及躲起来吧？他体育成绩好像还挺不错的。

　　余城肯定不会被抓住的吧？他已经是班主任黑名单榜首人物了，再被逮着只怕就要请家长了。

　　她心里一阵盘算着，紧张的心一刻也没有慢下来。刚刚那一阵大喊惊动了店里不少客人，林婉也顾不得别人或是嘲笑或是打趣的眼光,只一心记挂着还在网吧里不知道情况的余城。

没过多久,林婉瞧见班主任从网吧里出来,心情好像还不错的样子,总算是稍稍地松了一口气。

看这个情况,余城应该是没事儿了。

就这一会儿的工夫,林婉脑子里已经脑补出了余城会被班主任揪着耳朵从网吧里被拖出来的场景。

既然现在余城没被拖出来,那应该,是没事儿了吧。

林婉端着她的奶茶,又坐回到窗边的位置去。松开还握在手里的手机,心想着,应该是没事儿了吧,但是……余城也没个消息,短信也没有发一条,至少也要报个平安啊。

一直到晚上躺在床上,林婉回想起白天的事情依旧觉得很刺激。

以前的林婉哪里做得来这种事情,永远都是乖乖巧巧,规规矩矩的。所以,今天也算是当了一回"坏孩子"了吧?

"今天,谢谢了!"

就在林婉平复下内心的躁动正要睡着的时候,收到了余城这条迟到的短信。她眯着眼睛看了眼时间,都已经晚上十点了。

已经进入睡眠状态的脑子正在慢慢重启,思考着要怎么回复余城,这时又收到了余城的第二条短信。

"你今天怎么会到网吧去?你也不像是去那儿的人啊。"

这个语气就好像在问自己熟识的老友一样,也许是因为有了下午"共患难"的交情吧,林婉好像就找到了一个突破口,将自己已经漫溢的情绪一点点试探着倾诉出来。

如果……

长大后的林婉对于余城有过太多的假设太多的如果。

如果当时，她并没有跟余城讲家里的事情，讲自己的情绪，如果当时她没有对他敞开过心扉，那结局，肯定不一样。

只是，世事都没有如果。后来的余城也教会了林婉，世界上唯独没有后悔药卖。

"因为心情不好，我后妈说我是个没朋友的人。"

这些事情，林婉在酥酥面前都很少提。

也许真的有缘分，真的有命中注定的说法。只要那个人一出现，你就只能妥协。

"那苏一梨不算你朋友吗？你后妈她说什么就是什么了？你傻呀。"

点开短信要按三个键，两个开锁，一个打开。

第一次向一个并不算熟悉的男生倾诉，林婉不知道他会怎么回复，等待的时间里既期待又害怕，按这三个键的手都是颤抖的。

期待余城会怎样面对一个只能算陌生的女同学的心事，害怕好不容易敞开的心扉被一盆冷水泼下。

看到短信，林婉这颗扑通扑通的心终于放了下来。

"可是我的确跟人打不来交道啊，我觉得她说的好像是没毛病。"

那个时候，就是想得到一个人肯定的回答吧。需要有人来告诉她，你不是，你很好，需要有个人拉她离开这个深渊。

"你不是和我相处挺好的吗，我没觉得你怎么啊。你别想多了，他们这些当人后妈后爸的，就喜欢这样唬人。"

余城这话说得好像他有后妈后爸一样。但林婉只需要得到他肯定的回答，那些郁结在心里的思绪就都一扫而光。

正在一个字一个字按短信的林婉又收到余城的短信："以后你还去网吧外面给我放风吗？我以后去都叫上你呗，咱俩一起合作！"

以后，周末都和余城一起？林婉面上一红，飞快地删掉刚刚按出来的几个字，回复："好啊！"

之后的每个周末，林婉都跟着余城一起出来。只是他们一个去网吧玩游戏，一个坐在奶茶店里看着门口的路人，偶尔看看书。

每次她带着课本或是练习题出来，余城都会奚落她一番，还不忘叮嘱她不要做题太入迷耽搁帮他放风的正事。只是后来时间久了，余城时不时还会给林婉捎上盒削好皮的橙子出来，偶尔还会和林婉一起坐在奶茶店里闲聊，或是看她写作业。

"这题有简便算法，你这样写太麻烦了。"这天，提前从网吧出来的余城走到林婉身后站了有一会儿了，看着她咬着笔头，对这一道并不算难的数学题冥思苦想了好久，几次想要下笔却都似乎提笔忘字，踌躇许久终于落笔，却是用的最烦琐的解法，余城实在看不下去，上前夺过她的笔和试题，在她旁边坐下。

余城出来了？林婉愣愣地盯着写题的余城，他一半的侧颜对着她，认真解题的样子，林婉望着望着不觉出了神。

"想什么呢？看题！"余城讲了一会儿，回头发现这姑娘竟然

走神了。

　　林婉的思绪被拉了回来,余城发现她看着他出神了?想到这儿,林婉脸上一阵发热,余城却没太在意,把试题往林婉的方向再挪了挪,自己也往她那儿凑了凑,开始认真讲题。林婉带着红扑扑的脸蛋,还是很难以集中思听余城讲,就这一道题反反复复讲了四五遍林婉才听懂。

　　"你说你这年级前几是怎么考的?你是出题老师的亲戚还是阅卷老师的女儿啊?"余城此时口干舌燥,一口气喝下半杯奶茶才算是能顺畅地说话。

　　林婉不好意思,她总不能跟余城讲,其实她听一遍就会了,但是因为害羞前面几遍都没注意听吧?

　　"我……我笨鸟先飞啊!"的确,林婉不算太聪明,尤其是在数学这种科目上,她只能比别人更努力,才能赶得上别人的一丝半点,甚至有时候她觉得她连余城的一丝半点都比不上。

　　余城从高凳上一跃而下,林婉见状也站了下来,把桌上的试题和笔装进包里。余城伸手搭在她的头上,林婉动作一愣,听见从上方传来余城的声音:"摸摸你的猪脑袋哦,以后不懂的就来问我吧,我教你。"

　　林婉脸上刚刚褪下不久的红晕再次升起,甚至比刚才更胜一筹,不敢抬头的她低着头,使劲地点了下头,应下了余城,两人一前一后走出奶茶店,走出这条小巷。

　　如今林婉又走进这条小巷子,这次她站在原本的网吧店面门口再也没有了犹豫。

那家原本小城里最大的网吧已经不复存在了，如今是一家音乐餐吧，环境幽雅，在大厅里醒目地贴着"禁止吸烟"的标志，里面再也不复当年的烟雾缭绕。

前台正放着音乐，整个店里的音乐混响还不错，余城的声音原本就很有磁性，在音乐效果下听起来更加动人了些。

大概没人知道，这位现在红得发紫的歌手，少年时代曾经在这里小心翼翼地躲着老师家长上网。

这可能是林婉在学生时代里，过得最像她自己的一段时光了吧，能够做自己选择的事情。

街对面的那家奶茶店早已关门，取而代之的是一排装修粉嫩的店面，里面满是抓娃娃机，不少穿着校服的初高中生在里面进进出出。

而那时候的林婉，只要在店里隔着玻璃看着对面的网吧，知道余城在里面，就已经很开心了。

她在那里度过了许多个下午，就只是静静地坐着也都很满足，因为她清楚地知道这是在做她想做的事情，而不是家里人或是老师安排给她的。

"你怎么每个周末都要到网吧来啊？"这天，余城稍早地从网吧里出来，点了杯奶茶和林婉一起坐在店里闲聊。

"不想在家待着呗，又没别的地方可以去。"

也是,也没别的地方可以那么便宜就让你坐一下午,还有得玩的。

"那你呢?怎么每个周末都陪我来?"余城这句话说得云淡风轻,却像一块石子晕开了林婉的心,泛起一层涟漪。

只是彼时的林婉也不懂那是什么情绪,只觉得心里一阵慌张:"因为……我也不想待在家里。"

我那时,确实不想待在家里,也不算在骗他吧。

林婉把玩着手里的筷子,低下头来。原来一开始,就是她先动了心。

"怎么?还怕你后妈呢?"余城想起之前林婉的短信,"你管她那么多呢,反正也只是个后妈,是个后来者,她能拿你怎么样?"

曾经酥酥也是这样讲的,但是,这种恐惧是自林婉五岁起就已经开始,到现在已经根深蒂固了,哪是说不怕就不怕的呢。

"瞧你那样。"余城就见不惯林婉提起她后妈就畏畏缩缩的样子,"她是要吃人吗?"

林婉嗤笑出声:"嗯,也不吃人。"

过得这么差,她竟还有脸笑,余城有些恼火:"你还笑呢!她既然不吃人,那你还怕什么?"

林婉伸手托着头,思考了一会儿:"大概是怕爸爸失望吧。"

余城不解。

"爸爸很爱她,觉得她是世界上最善良的人。"林婉顿了顿,看了眼余城认真听她讲话的双眸,"甚至为了和她在一起,不惜离

开了我妈妈。"

林婉看见余城一愣,收起了刚刚不正经的样子,她继续说:"所以,她的所有的话、所有的决定爸爸都支持。我呢,就根本不算什么,我才是那个外人。"

她说完,脸上还带着些笑意。

其实她早就接受了这样的事实了,只是还不甘心,只是还不想承认自己真的是家里多余的那个。

"……"余城想开口说些什么,但大概是一直没有想好措辞开口,只几次张了张嘴就作罢。

"你知道我为什么不想待在家里吗?"

那个安慰人只需要告诉对方,你看,其实我比你还惨的年纪真好。

就是在那个下午,他们交换秘密,自此,余城就成了林婉心里,最特别的那个人。

"我转学回来是跟着外婆住的,我妈妈还在上海。"

余城的声音真的很好听,有种能让人入迷的魔力,林婉没有打断他。

"我外婆对我很好,但是她总是会跟我念叨我爸妈离婚的事情。"

他的爸爸妈妈,也分开了?

"对,我爸爸妈妈也是离婚了,而且我妈妈也给我找了一个后爸。"

哦,难怪上次他短信里那样说。

"我转学回来,说是因为中考的户口问题,其实,是我后爸想把我送走,我妈拗不过他。"

余城也会有不被人喜欢的时候吗?

"其实他们怎么就不知道呢?"余城呆呆地盯着面前的杯子,自顾自地说道,"小孩子其实没那么好骗,有没有人在乎我们其实心里都知道。装作不知道,只是不想让他们难堪,只是不想让家都没了。"

谁说不是呢?林婉也想过,为什么自己一定要用尽全力去争取根本得不到的东西呢?明明可以不用那么累。

只是想让爸爸开心些罢了,想让他争取来的这个他心里的家,看起来美满些。

"咳——"林婉清了清嗓子,歪着头望着余城,"所以,我们今天是在比惨吗?"

余城被她逗笑了,之前对话里的阴霾似乎也被这一笑所驱散。

"是啊,我们就是在比惨啊。"余城对林婉眨了眨眼睛,"以后,我们要过得比谁都好,到时候我们来比比谁更厉害吧。"

林婉想起,自己当年竟然在这样的融洽气氛里一时昏了头脑,应下了余城的这一提议。

是什么让她忘记了那个人是余城?是走在哪里都能闪闪发光的余城。

从现在的状况来看,林婉是比不了他的。嗯……从过去看也是,也许未来也是。

现在正一个人坐在店里吃饭的林婉,心态有点崩。

那天之后，在林婉心里，除了酥酥她又多了一个朋友，甚至这个朋友，比酥酥更懂她。

他们继续着他们的"周末行动"，每天回家以后也有短信聊天，只是他们都默契地在学校保持着距离。

林婉还是那个在学校乖乖听课的好学生，余城也还是那个混日子的浑小子，在外人眼里他们就是两个八竿子都打不着，绝对不会有什么关系的人。

这天，林婉如往常一样去学校赶着上早自习，她习惯踩点到教室，所以刚到教室坐在座位上，早自习的铃声正好响起。

林婉从书包里摸出她的英语课本正准备开始早读，坐在她前面的酥酥小心翼翼地避开班主任的目光转过半边身子来。

林婉看着酥酥余光里的担忧，张了张嘴对她做口型：干什么呢？

酥酥没说话，似乎是感觉到班主任的动向，猛然转回身去坐直，只留下林婉看着她的背影，摸不着头脑。

只是这时候林婉也已经能感觉到一些不对劲了。往常，她和同桌都是井水不犯河水，甚至一整天下来，互相连看都不会看对方一眼的。

今天仅仅是这一会儿的工夫，林婉已经感觉到同桌好几次打量她的目光了。

这到底是怎么了？是我错过了什么吗？林婉实在猜不出来。

这时，酥酥的手悄悄递上一张字条放在林婉桌上，林婉打开字条，上面俨然是酥酥的小学生字体。

"林婉婉你老实交代，你和余城什么关系？"

和余城？她怎么知道？林婉觉得自己的心跳都漏了一拍。

所以今天早上这么奇怪是因为余城？余城怎么了？林婉转身看坐在后排的余城，跟往常没有什么差别，依然是早上第一节早读课就是在睡觉啊。

林婉在字条上给酥酥写下几个问号之后戳了戳酥酥的后背，示意她伸手来取。

这是什么情况啊？林婉实在不习惯这四处看过来的打量的眼神，她从未觉得早自习这么漫长过，非常想拉着酥酥问清楚这到底怎么了。

刚打下课铃，有意无意地偷瞄林婉的同桌起身去厕所了，酥酥也转过身来一脸审视地紧盯着林婉，又一句话不说，急得林婉忍不住开口。

"到底怎么了你快说啊！"

酥酥眯起眼睛，仿佛这样就能让眼神更犀利些："你和余城什么关系？"

怎么还是这句话："什么什么关系，同学关系啊！"

"那他为什么帮你说话？"

帮她说什么话？林婉快被酥酥急死了。

"他说什么了？"

酥酥这才说起早上林婉没到学校时候发生的事情。

"就是咱班长，刘希文，一大早就在那儿八卦你，说什么在网吧外面看见你，又说你装模作样，反正不是什么好话。"林婉转身看向刘希文座位的方向,紧锁眉头仔细回忆着自己什么时候在网吧外面见着过他了。

酥酥继续说着:"然后余城就进来了,你是没见着他有多酷!"

现在酥酥这个样子,俨然一个小迷妹了:"他就走到刘希文座位前面,把书包往他桌上一砸!俯下身去,单手撑着桌子,就对着刘希文还有周围的同学,让他们嘴巴放干净些!"

余城,这样维护她吗?

"所以!"酥酥又把林婉的思绪拉回来,"你和余城到底什么关系?他干吗帮你说话?"

"嗯……"林婉思考了会儿,稍稍组织了一下语言,"大概就是,互帮互助之交?"

"什么鬼?"听得酥酥莫名其妙,"你好好说话。"

林婉不逗她了,把自己和余城的"周末之约"讲给酥酥听了。

"好啊林婉!"酥酥气急,"这么好玩的事情你竟然不叫上我?"

嗯?好玩?

"不好玩啊,就是在店里干巴巴地坐着,哪里好玩了?"

"不好玩那你干吗答应他每个周末都去?在家睡觉不好吗?"酥酥说话总是这么一针见血。

怎么解释呢?林婉脑子好像有些不够用了,一时也想不到什么借口。

酥酥悄悄凑到林婉耳边上:"林婉婉,你不会是,春心萌动了吧?"

林婉抬手在酥酥头上一拍:"你说些什么呢?"什么春心萌动,"别玷污我们纯洁的感情了好吗?"

那时候的课间虽然只有十分钟,但感觉我们学生时代所有的乐趣所有的欢乐都在那十分钟里被无限延长和放大,一直留在我们的青春和记忆里,无法褪去。

现在的我们,每天有无数个十分钟可以和朋友玩闹,可以睡觉,可以玩耍,但是都比不上当时的那些时候。那里有我们天大的小秘密,有我们追追赶赶的心上人,有我们不曾说出口的心动欢喜。

第五章
diwuzhang

从此山高水长,不复相见。

"什么感情?谁跟谁啊?"

刚刚都还在自己座位上睡觉的余城,不知道什么时候走到了林婉的座位旁边,正巧林婉同桌不在,他顺势就坐在了林婉边上。

"你……你怎么过来了?"这是他们开学后在学校第一次说话。

余城看了看林婉略显慌张的神色,没有回答她,只拿起她面前的英语课本翻了翻。

"你这写的什么狗爬英文啊?"余城皱起眉头,从林婉的手上拿过笔,往她的课本上写着。

林婉头一回看见余城的字，着实有些诧异。

他的英文也写得这么好看的吗？

不似酥酥写的小学生字体，也不同于林婉的字那样束手束脚小小一个，和他一手龙飞凤舞的行楷风格相似，字里行间都带着肆意和张扬。

收笔后，余城把书递回给林婉："多学着点儿，你不是好学生吗？连个字都写不好？"还是他一贯的眯着眼睛看人，只是看着林婉的时候总归是和别人不同的，眼角都浸着丝丝笑意。

余城总是能给她带来惊喜，让林婉更崇拜他。

是了，其实从开始到现在，林婉对余城，是有极大的崇拜心理的。她曾经不止一次感叹，怎么会有余城这样灿烂而又精彩的人呢？

自早自习下课，余城打破了两人在学校"形同陌路"的默契后，这一整天里余城时不时都在林婉身边转悠着，酥酥一个劲儿地向林婉递眼色，林婉也假装没看见。

"这余城怎么一整天都跟着你啊？"女生之间的友情，大多数时候是发生在两个人相约上厕所的路上，比如现在的酥酥和林婉。

林婉自己也搞不明白，按理说他已经帮她在同学面前出过头，这件事儿也就翻篇了。

"突然多了个人跟我抢你，我居然还有一点危机感。"酥酥挽着林婉的手又更拉紧了些。

其实这样也挺好的，自己最好的两个朋友都在自己身边，相互扶持着，林婉心底里涌出一种从未有过的满足感。

尤其是知道,余城和自己站在一起。

这一天过得飞快,下午放学,余城又站在林婉面前。

"你快点儿收拾,女生就是麻烦。"余城坐在酥酥的位置上等林婉收拾书包。

因为酥酥住校,所以往常林婉放学都是自己回家的。

"你等我?"林婉手里一愣。

余城白了她一眼:"不然我跟谁说话?"

林婉低下头生怕被他看到她通红的脸,手上的动作也加快了些。

"你今天干吗帮我说话?"林婉双手紧紧拽着书包肩带,说出了这个萦绕在心头一整天的问题。

"我们不是朋友吗?再说了,是他们过分了。"

我们,朋友。

简简单单四个字,林婉心里已经乐开了花。原来,余城也把她当朋友,并非是她自己一厢情愿。

"哦。"满心欢喜到嘴边,就只说得出这一个字。

"你说说你,有什么情绪你都不说。"余城的语气变得有些急躁,"你不说,我是能知道你很开心我今天帮你了,但是别人不知道啊!"

林婉一愣,抬起头来呆呆地看着他:"你知道就行了啊。"

余城也被她一句话搞蒙了,张着嘴却一个字都蹦不出来。

"别人知不知道,关我什么事?"林婉强作镇定。

"可是这样他们就永远不会知道你是个什么样的人啊,你还怎么让他们都看到你都喜欢你?谁会喜欢一个连情绪都不会表达的

人?"余城抓了把头发,林婉这样的态度让他更觉得有些说不清楚了。

"我为什么要让他们知道我是个什么样的人?"林婉问。

是啊,为什么非要让别人知道自己是个什么样的人呢?余城已经快被林婉绕进去了。

"你就是什么都不说,他们才会那样说你。"余城捋了捋思绪,"其实,你别怕去交朋友,他们就是不了解你,你又总是独来独往的,才会有人在背后搬你是非。"

余城一直都知道,林婉其实是想和大家打成一片的。

"算了,他们爱说就让他们说吧,我……我无所谓啊。"说罢,她抬头冲余城笑了笑。

余城还想说什么,但是林婉已经到家了,她向余城道别后,飞快钻进了自家小区。

这个属蜗牛的林婉,也是万幸才会让她遇上余城的吧。

直到今天林婉也这么觉得。

林婉蹦蹦跳跳地上楼,站在自家门口。她收起满脸的喜悦,放下扬起的嘴角,深呼吸一口气才掏出钥匙开门。

"妈,我回来了。"林婉又变回了那个机器人式的她。

只是今天怎么没人应她?

屋子里的气氛有些凝重,林婉顺着过道走到尽头处她自己房间门口,里面传来窸窸窣窣的声音。

林婉推门进去,看见她继母正在翻她的书柜。

"妈,我回来了。"而她什么都不能说。

继母转身，林婉这才看到在继母手边的书桌上，林婉的手机正躺在那儿。她记得早上她去上学的时候，是把手机放在枕头边上的。

林婉垂在身侧的双手捏紧了裙摆，可是她急促的呼吸声依旧暴露了她此时的紧张。

"你手机里的短信怎么回事？"林婉知道她指的是和余城的短信，她存了整整一个收件箱。林婉仔细回忆着短信的细节，私下里她其实暗自翻阅过无数次，其中的对话她差不多都能记住。

他们的对话里关于家庭和对父母的态度，林婉确实是都删掉了的。

于是，她放心地回道："没怎么回事啊，就是同学嘛。"

"同学？"继母一只手举起手机，斜着脸，眯着眼睛盯着她，和余城的眼角含笑不同，她就好像审视犯人一样。

从小到大，林婉见过继母这个表情无数次了，早已经免疫，但她好像还是乐此不疲地以为能用它威胁到林婉。

"对啊，同学。"林婉语气假装着轻松，只是依旧站在门口，一动也不敢动。

继母向前走了一两步："什么同学这么爱给你发短信？是男同学吧？"她还是眯着她的眼睛，"余城，看这个名字就知道是个男的！"

不知道为什么，余城的名字从她嘴里说出来，都让林婉感觉到一阵恶心。

"是男同学。"林婉压抑住心里的不满，为什么又一次进房间乱翻我的东西？曾经小学时候每周一次检查书包，说是可以更加了

解她的心理动向。从那时候起,林婉再不写日记。

继母发出一声冷笑:"林婉你长能耐了是吧,小小年纪就学会跟男同学不清不楚的了?"

不清不楚?我还想跟他不清不楚呢,可惜我自知高攀不上啊。

林婉只在心里想着,面上却不敢有一丝违逆。

继母还在继续:"就跟你妈一个样!"说罢大步走出林婉房间,把手机也没收了。

这样也能牵扯到我妈?也是,其实这句话林婉从小到大听了无数次了。

只要林婉做得有一点点不合继母的心思,那就是和她妈妈一个样,到底哪里一样林婉也不知道,大概就是一样不讨她喜欢吧。

但是今天就没办法和余城聊天了,林婉心里十分着急。也不知道手机关机了没,余城晚上发短信来会不会被继母看到。

怀揣着十分的不安,林婉这一晚都过得很焦虑,躺在床上辗转反侧睡不着觉。

不知道从什么时候开始,和余城每天晚上短信聊天已经成了习惯,是林婉每天回家以后唯一的期待。

这个习惯就这样被中断,林婉心里说不清是什么滋味,只盼着漫漫长夜过得快些再快些,第二天可以当面跟余城解释,也不知道余城一直等不到她的回复会不会生气。

那个时候,她怎么就忘记了被继母责骂的不堪与难受呢?满心都是余城。

吃过晚饭，林婉走在小城傍晚的大街上，微风拂过，带着过往年月里她所熟悉的春天的味道。

一丝凉意，两分青草香，三缕栀子香，四道泥土气，迎着面吹来。青春哪里是酸臭味，分明应该是小心翼翼被呵护着的心头香。

以前小小的那个林婉，心底里萦绕的，应该就是这样甜甜的味道吧。

这一整晚，林婉一直都睡得迷迷糊糊的，早上六点半闹钟一响就准时起床，这在往常是绝不会发生的。她早早出了门，到学校发现余城竟然已经在教室了。

这是林婉第一次看见早上教室里同学们陆陆续续进来的场景。

林婉着急地放下书包，就往教室背后余城的座位上走去。

这短短几步路，她都是顺着余城的眼神走过来的。她知道，自从她踏进教室，余城就一直在盯着她。

他来这么早，是在等我吗？林婉心里一阵小鹿乱撞，不行不行，得冷静一下，林婉的理智还在劝她。

走到余城面前，余城旁边的座位并没有人，林婉站也不是坐也不是。踌躇间，余城双手抱在胸前，背靠着身后的墙壁，就淡淡地看着她。

完了完了他肯定生气了，林婉心里暗道不好，再顾不得什么，拉过旁边的凳子就在余城身边坐了下来。

这时教室里的同学已经很多了，大家的目光都有意无意向他们看过来，还有不少同学故意地咳嗽出声，教室里此起彼伏都是清嗓

子的声音，林婉更是脸红得像个大红灯笼似的。

"那个……"一紧张，林婉也结结巴巴起来，只看着前面同学的后脑勺，不敢看余城的脸，"我……我昨……昨天……"

"你能不能好好说话？"余城向前俯身，跟林婉面对着面。

林婉看着他那张脸，更是紧张。

"就是……"再紧张还是得说啊，一看余城这样就知道他生气了，"我昨天不是故意不回你短信。"

林婉找回了自己的声音，又再稳了稳心绪："我昨天，手机被收了。"

余城眉头一紧，他也不是没想过这种情况，昨天他一样是几乎彻夜难眠，今天一大早就到了学校，比好些住校的同学都到得早。

只见前桌的同学背对着他俩，想要偷听些什么，都快把背贴到他们脸上了。

"你快回去吧，下课再说。"余城赶紧叫林婉回去了，估摸着时间，班主任也快来守早自习了。

"哦，好。"林婉慢吞吞地把凳子挪回原位，又转而问余城，"你不生气了吧？"

四周的空气都凝固了一样，周遭的同学好像比林婉还紧张，都在等着听余城怎么说。

"傻吧你，气什么气，我没那闲工夫。"他边说边拿起英语书，做出一副要早读的样子，冲林婉摆摆手，示意她快些回去。

林婉听到他的答复，心里的大石头终于是落了地，开开心心回到座位上去。周围听了他们墙脚的同学都是一脸的惊诧，交头接耳地跟边上的同学分享他们听到的话。

大家看林婉的眼神都有些不一样了。一个是风头正盛的转学生，一个是默默无闻的小透明，这八卦，还挺吸引人的。

"怎么，你后妈又作妖了？"这些日子，酥酥、林婉和余城，俨然是班上新的一个三人组合了。

林婉点点头："反正我手机是没了，最近一回家大概就是下落不明的状态了。"

余城看着她："没事儿，咱们周末还是继续约起来呗。"他想了想，"咱们去河边上玩儿呗，去骑车。"

"哎，你们真的是不厚道，知道我这个周末有事儿吧，"酥酥首先反对，"之前的时候就不带我了，现在出去玩也挑我有事的时候。"

而林婉这头直接忽视酥酥的不满："行啊，我们就先说好时间，谁都不能反悔！"

"好！"余城立马应下。两个人一边商量时间地点，一边往前走去，只留下一个酥酥在原地看着他们的背影，心里面暗骂林婉重色轻友，但也没法，只能加快跟上他们的脚步。

那个时候真好啊，这是林婉回来以后的第很多次感慨了。虽然有那么多烦心事，但有最好的朋友，和他们最好的陪伴。

周末难得余城不去网吧，他俩说好一起去河边。骑车还是算了吧，周五放学的时候，听苏一梨讲林婉的骑车水平，余城当机立断放弃了这个想法，打算见面之后约林婉去做点别的，就是在河边坐

一下午都行。

"你约林婉去骑车啊?"酥酥试探着问余城。

余城没觉得什么不妥:"对啊,你也想去?但你不是有事儿吗?"

"我不去!"酥酥一口否定,"林婉婉跟你讲的她会骑车?"

余城没问过林婉,只是他见林婉没反对这个提议,也就自动默认她是会的了。

"算是我好心提醒你一句吧。"酥酥神神秘秘地凑上前去,"别让林婉婉骑车上街,不是她崩溃就是你崩溃。"

刚刚说完,她又想到什么,再次踮起脚尖凑上去:"我觉得会是你先崩溃,反正上次,我的心态是完全崩了。"

"保重吧,我还是看好你的,"酥酥已经走到家门口了,"万一,你比我乐观呢?"

等到周末,还不明就里的林婉在家选了半天,放弃了好看的裙子,换上一条宽松些的裤子出门后,余城告诉她不去骑车了。

"听苏一梨说……"余城刚开口,林婉差不多就猜到是酥酥说了什么。

"她说让你别约我骑车是吧?"林婉接住他的话。

两人走到河岸,在草坪上坐下。

"你是做了什么把她心态都吓崩了?"余城挑了一块稍微有些树荫的地方,阳光洒下来,斑驳的影子打在林婉的脸上,如果当时有相机,拍照一定很美。

"也没什么,"林婉强装着淡定,"就是看见前面有人有车

我就不敢动了而已。"

听林婉这么一说,余城觉得幸好没有真的去。

就这样在树下乘凉,在河边聊天,也挺好的,时间好像随着徐徐的微风过得慢些,再慢些。

"你后妈怎么老是找你不愉快?她对你是不是不好?"

无数人问过林婉"你后妈对你好吗",她说不来别人的不是,但是好像确实不好。

但继母也是个可怜人吧,林婉有时候还挺同情她的。

继母和林婉的父亲是彼此的初恋,当年也是爱得轰轰烈烈。为此,他们学校以败坏风气为由将他们双双开除。

林婉父亲当时只是个辍学的毛头小子,继母家里坚决反对他们来往。林婉父亲决心出去闯荡,干出一番事业回来娶她。

只可惜世事无常,就在林婉父亲离开不久,继母在家人的逼迫下远嫁他乡,等到林婉父亲几年后回来,她早已成为他人妇。

那段日子说是林婉父亲一生中最为消沉的时光也不为过,整日整日地泡在酒罐子里,和一群狐朋狗友喝酒赌博,若非一日在街头遇见林婉母亲,可能他会这么一直消沉下去。

那日也是赶了巧,林婉母亲在街头被几个流氓混混纠缠,一出英雄救美的戏码让林婉母亲之后一直跟着这位英雄,直到后来他们结婚,有了林婉,林婉母亲一直都是跟随林婉父亲脚步的一个人,他说什么便是什么。

就连后来的离婚也是。

大抵初恋都会是人心头的白月光吧,一听闻初恋婚姻不幸,这

边的妻女都可以不管不顾，只一心想要保护她。

面对这样的局面，林婉母亲只在日记里写下，原来她的英雄只是个巧合，他是别人真正的英雄。

当林婉离开母亲多年，翻开这本日记她依然能够感受到当初母亲的绝望。

"所以，她一直觉得是我妈妈抢走了爸爸，而我不过是情敌的女儿，即使当初是她先离开的。"

这么长的一个故事，三言两语间其实也就讲完了，只是其中每一处都藏着离经叛道，能够真真切切地这样一路走来，父亲和继母也是真的不易。

"那手机的事情，是因为我吗？"

林婉愣住，她没想到余城会这么问，从始至终，她也没有这种想法。所以余城一提出来，她还有些反应不过来。

"没有，就是不想我影响学习。"林婉没有告诉他，手机里全是余城发来的短信。

余城伸手捡起一片飘落的树叶，往河流的方向使劲一扔，但是树叶只是轻飘飘地飞了一点点距离，又往回飘来。

"世界上好像就是有很多徒劳无功的事情，"余城还在扔那片树叶，"但我还是想去尽力做一做。"

林婉将目光从树叶上收回来，看着还在认真跟树叶较劲的余城。

阳光下的少年意气风发，他就像一只急于想要冲出束缚的小兽，带着他的稚嫩冲这个世界龇牙咧嘴。

可以这样肆意地活着真好。

"我可能,要走了。"

一句话拉回了林婉游走的思绪。

什么?要走了?

"没事儿,只是要回上海一个星期。"

就一个星期,林婉这才放下心来。

"我要回去考试了。"

考试?考什么试?

"回去考高中,如果考上了,我就又回去读书了。"

林婉甚至还没有完全平息的心又不平静起来,眼眶里莫名泛起泪花。怕被余城看见,她稍微侧身躲开他的视线听他继续在说。

"是一所全封闭的私立学校,我就不会长时间在家里,给他们添麻烦了。"

余城要走了。

林婉脑子里听不进别的话,只剩下这几个字在循环。

他肯定能考上的,林婉相信。所以余城是真的要回去了,在他们成为朋友之后。林婉第一次也是唯一一次,希望她的朋友可以不那么优秀。

"那你,"林婉还是没法平复心情,声音里都带着些哭腔,"考上了还要回来吗?"

余城能听出林婉的伤心,只是他这个时候也无能为力。他要回去,他想回去,回去证明自己不是个包袱,回去才能让自己变得更强。

"会的,会回来看你。"看着林婉的样子,余城也会心软,"而

且,我也不一定能考上啊,考不上我就又回来了。"

林婉知道余城是在哄她了。

"那我们说好,就算没有在一起,也要各自独立,不依靠任何人。"

"就算没有在一起,也要各自独立,不依靠任何人。"

这句话,在余城离开后的十二年里,林婉一直都记在心上,这是她每个低谷时期,快坚持不下去的时候,都会说给自己听的话。

余城,我有坚持我们的约定,并且做得不差。林婉一直想着,等再见到余城的那天,她一定要对他说这句话,可惜当时手足无措,一时间并没有说出口。

遇到了他呀,所有的计划都能被全盘推翻。他是惊喜,是意外,他的出现与消失就是林婉的旦夕祸福,就是林婉的悲欢离合。

"这余城搞什么名堂?请了这么久的假?"

林婉答应余城不告诉任何人他回去考试,只说回家办事儿的。

"好像是家里有事儿吧。"林婉也没打算告诉酥酥。

"大家都知道的话,没考上才丢脸。"那时候,少年小小的自尊林婉都是觉得可爱的。

只是在林婉心里,余城就不会考不上。

算算时间,余城应该快回来了。还没有拿回手机的林婉这些天过得都十分焦躁,之前还能在学校和他说几句话,现在这样完全失去联络,也不知道他究竟怎么样了。

林婉私心里是有希望过余城不要考上的，但是她知道，基本上是没有这种可能。

仔细想想，从余城到小城，再到他离开，也不过才短短半年，怎么满城都是他的身影呢？

只是梦真是个坏家伙，总是轻而易举地让人想起那些用尽全力才藏起来，想要骗过自己的东西。

也许是因为他们从未好好道过别吧，相识匆匆，相离也匆匆。

林婉刚走进校门，就被躲在一旁的酥酥一把拉过去："林婉婉，你老实交代，你早就知道了对不对？"

知道什么？林婉扯下酥酥紧紧抓住她的手，抓得怪疼的："你在说什么东西？"

酥酥收回手："你说我在说什么，肯定是余城啊，这个蓝颜祸水。"

"余城怎么了？"林婉愣住，他回来了？考上了？就要走了？

酥酥解释："不知道谁传出来的，说余城回上海是去考学校的，还说昨天在街上碰见他了，估计是没考上，灰溜溜回来了。"

余城回来了？

"不可能没考上吧。"话虽这么说，但林婉心里确实有一点开心，是不是余城就不用走了？

酥酥也不清楚是怎么回事："我哪知道他考没考上，反正他现在在教室，大家说的那些他应该都听到了，传得挺厉害的。"

也就是说余城真的回来了？林婉加快了往教室走的脚步。

"哎，林婉！"酥酥叫住她，"你早就知道余城回去干吗的对不对？"

林婉轻轻点头，此时她的心思完全没在这个问题上面了。

"连我你都不说，太不够意思了你！"酥酥愤懑，这才是她一路到校门口来"伏击"林婉的真正目的，"自从有了余城，你对我就不是最好的了！他就是个'余小三'！"

"得了吧你，你是我最好的酥酥呀！"林婉难得主动凑上前去挽住酥酥的手，一同往教室走去。

路过老师办公室，林婉好像瞥见了余城的背影，不禁走得慢了些。

"婉婉，那是余城不？"酥酥也看到了。

两人猫着身，向办公室里面张望着。里面好像不只是余城，还有好些人在那里。好在门并没有关严实，断断续续能听到他们在说些什么。

"行，手续差不多就这些，你去收拾收拾东西，就可以回家了。"说话的人是他们的教导主任。

回家？余城不是才到学校吗？

"那就谢谢主任了。"说话的人向余城使了个眼色，余城紧跟着也说了声谢谢主任。

所以这是，余城考上了就要走了？

往教室的这段路不远，就在前面百米不到，林婉却觉得脚像是灌了铅一样，怎么也走不快，怎么也走不到。

果然，余城从不会让人失望，他真的考上了，而且就要走了。

她还以为,至少能把这学期读完的,至少,要做一学期的同学啊。

余城在林婉到教室后不久也回来了,路过林婉身边时没有一丝停顿,从他进来林婉就在看着他,他却连一个眼神都没有分给林婉,只是冷着脸,在自己座位上收拾东西。

"哼,拽什么呢?"酥酥不忿,这人变得也太快了吧。

林婉也摸不着头脑,余城这是怎么了?

林婉想过去问问,但是全班同学几乎都在注意着余城周围的动向。林婉在脑子里打着一遍又一遍的草稿,走过去要怎么跟他说话。

是要问问他考得怎么样?但是他们说好了在学校不谈这个。

还是去问问他需不需要帮忙?可是余城的书就那么些,也没什么需要帮忙的。

或者去祝贺他?嗯……好像也不行。

又或许可以……

算了,看着冷冷的余城,林婉觉得她连一个字都说不出来。所有盘算的草稿都卡在喉咙处,发不出一点声音,甚至连向他前进一步,都抬不起脚。

余城肯定知道的,他肯定知道。知道林婉会被他的冰冷面孔所吓倒,知道林婉不想跟他道别但是又不舍得不跟他告别,知道林婉有多舍不得他走。

那个早晨,在之后的很多个夜晚都出现在林婉的梦里。

有时候是余城板着脸走进教室,偏偏对着林婉笑了。

有时候是林婉鼓足勇气走到余城跟前,认真跟他说了声后会

有期。

只是当年故事的真实情况,就是从此山高水长,再不复相见。

"他到底,在拽个什么劲?"酥酥在余城走后还在念叨。

林婉哪知道呢?他们最后一次说话都是一个星期前的事情了。

这个样子的余城,才是真正的他吗?见多了会对她笑的余城,林婉都快忘记他原本的样子了。突然在他眼里变成一个不再特殊的存在,林婉感觉整个人都掉进冰窖里一样,冷得刺骨。

"也不知道哪个不长眼睛的,瞎说什么余城没考上,刚才你没来的时候,还有几个傻子跑去问他是不是考不上就只能回来读书了。"那几个人也是傻得可爱,这种事情还去问当事人,不是没长眼睛,估计是连脑子都没长吧。

"你是说,有人知道余城是去考试的?还当面去问他了?"林婉这才注意到酥酥的话,好像刚刚进校门她就说过了,只是当时林婉一心想着余城不会走,压根儿没有在意这个事。

"对啊。"

"你说,会不会……"余城刚才那么冷淡,会不会是误会这个事儿是她说出去的?

讲道理确实是这样,这个事情余城只告诉过林婉,被传出来也只能是林婉说的。但奇怪就奇怪在,她并没有说出去,连对酥酥都半个字没提过。

"会不会什么?"上课铃响起来,林婉还沉浸在自己的思绪里。

那一整节课老师说了什么林婉一个字都没有听进去,她只想跟余城解释这件事她没有说过，她有认真保守秘密。

可是余城已经走了。

林婉现在急切地想要回家拿到她的手机，给余城发一条短信打一个电话，她还没有跟余城说再见。

有时候，你越想要事情往你预期的方向发展，就越有可能事与愿违。

饶是林婉想解释，想听他说话的心思多么强烈，再拿到手机已经是一个月后了。这一个月里她无比后悔没有背下余城的手机号，等到她拿到自己已经被恢复出厂设置的手机时，竟然有一种想要砸碎它的冲动。

它现在对于林婉来说，已经没有任何作用了。

余城，我有好好保守秘密，你的骄傲，也是我的骄傲。

余城，再见了，我们还会再见的吧？

余城，我要走了，去读书了。我们没有再见，如果梦里不算数的话。

这三条短信一直躺在林婉旧手机的草稿箱里，没有发送，无法发送。

第六章
diliuzhang

他还是一样和她站在一起,像从前一样。

很久没有住过矮楼层的酒店,向窗外望出去,并不能俯瞰城市全貌,也不能看到灯火阑珊。这座城市和从前一样,没有夜生活,夜晚一旦来临,就只剩下安静。

窗外一片漆黑,自从余城走后,林婉再也没有好好看过、走过这座城市。

在她过往二十多年的人生里,余城只出现过那么一会儿,就让她念念不忘了十几年。有时候她都在想,他到底是不是真的出现过,又是不是真的,喜欢过。

在余城走后，林婉颓废了大半年。

那大半年是当时林婉的平淡人生里，最波澜迭起的半年。她整天无心学习，期末考试成绩也就顺理成章地下滑，在家她也尝试着反抗，和父亲、继母不断发生争吵，结局当然也是失败告终。

余城你看，我后来有认真争取自己的生活，但当时好像还太小了，我无能为力。

她端起酒杯，一大口酒入喉，辣得她眼泪都快流出来了。

后来，她也开始学着和同学相处，试着按余城教的那样和别人敞开心扉，像他教的那样去表达自己。到毕业，她也算是能和同学打成一片了吧。

中间时不时还会有人来问她余城的消息，她都摇摇头不说话。好像大家都没有忘记你，明明你早都已经离开。

高考的时候，林婉想考戏剧学院，遭到父亲和继母的一致反对，就连酥酥都无法理解林婉的选择。

从文化生到艺术生的转变十分费力，无论是家里还是从专业本身来说。尤其林婉想要考到全国最好的戏剧学院去学表演，这一路上联考培训，校考培训，还要大老远去北京参加考试，无论财力、物力都离不开家里的支持。

费力周旋的她当时心里一直坚信，余城一定会理解她的。直到多年后重逢，她才得到了证实，余城，他是知道的。

知道林婉想要站在大众的面前，知道林婉渴望被人重视，知道林婉并不甘心做一个默默无闻的人。这一切的一切他都知道的。当

初她就是带着余城肯定会理解她的这个信念,无论是艺考前的迷茫,还是后来进入戏剧学院之后,声台形表无论哪一科的艰难,她都坚持下来了。

拉上窗帘,外面的漆黑被挡住,只留下屋里一盏昏暗的台灯。林婉将酒杯放在床头的小桌子上,掀起被子,缩在床头的小角落里。晚上着实还有些冷,小城春季里多夜雨,只是今天还好,没有下雨。

后来林婉大二,只是戏剧学院的一个普通学生,最多算是个学校红人吧,在京圈的文艺电影界里也还算得上小有名气。

而这时候,余城横空出世,红遍了大江南北。

周遭不断有人提起他的名字,甚至很多时候走在路上,周围响起的手机铃声都是余城的歌。看电影写论文,配乐是他,上表演课回课作业,很多同学用的配乐也是他,梦里梦外都是他。

其实这样也好,我还能在新闻上,在电视上,在电脑里,在手机里,还能看到你的样子听到你的声音,离你远远的,悄悄地和大家一起仰望你。

可是,你怎么就站在我面前来了呢?你明明,就是梦里那个人啊!

余城,离开十二年,我们终于又遇见了,带着我说不清的心事和道不尽的愁思。

第二天一早,林婉是被电话铃声叫醒的。

宿醉之后全身酸痛,只是铃声一直吵闹,心头的烦躁支撑着林

婉伸手在床头上摸索手机的位置。

"喂?喂喂喂?林婉,你在听吗?听得到吗?"

童姐听不到林婉的应答,在电话那头反复询问。

稍微清醒些的林婉嗓音沙哑,只浅浅应了一声:"嗯……"

不知道电话这头是个什么情况,童姐继续道:"你什么时候回来?这边要安排工作了,有几个事情想跟你商量一下。"

"童姐……"林婉的声音有气无力的,试图从床上坐起来,但是一只手拿着手机,单靠另一只手并不能支撑她坐起身子。

"童姐,你等我会儿,我清醒一下给你打电话。"说罢,她就把手机扔在一边,双手强撑着,坐起来背靠着床头。

酒店的窗帘遮光性不强,透进来的阳光刺得林婉睁不开眼,预示着这又是一个大晴天。

眯着眼睛看到床头歪歪倒倒的空酒瓶,以及阵阵头痛都在提醒林婉昨晚的宿醉。这注定又是浑浑噩噩的一天了。林婉走到镜子前面,看着里面一脸倦容、头发乱七八糟的自己,哪里有一个女明星的样子?

她抓了抓头发,用凉水随意冲了冲脸,强制让自己清醒些,拿起手机给童姐回电话了。

"醒了?"

林婉心想,这不是废话吗?

"什么时候回北京?"

林婉无语:"我昨天才回的家!"

"现在手边有很多想找你……和余城一起上的综艺,"童姐也有些为难,"节目组的意思也是让你和余城主要负责合作推广,说是余城方面没问题,就联系到我问你的档期能不能行。"

节目组这不是废话吗?现在全网上下谁不知道林婉是个接不到工作的十八线?而且还是个专业捡漏的。

林婉走出洗手间,正对着窗户坐下来,房间里也没一瓶水,现在她感觉口干舌燥的。

"我的档期?和余城跑宣传?"

"嗯,你们的CP现在太火了,各个节目都想把你们往一起凑。"童姐昨天结束录制之后又回到公司守林婉的数据,在网络搜索里,大多数时候林婉都是和余城一起出现,他们现在算是大流量CP,这是不可否认的事实。

林婉只觉头更痛了些:"你先选着吧,"她放弃思考,顺手推开窗户吹吹风冷静一下,"到时候还是拿给我看看,有个心理准备。"

记起前天录制出的丑,林婉还是有些尴尬。

电话那头的童姐清了清嗓子,柔声提醒她:"婉婉,我是你的经纪人,"她顿了顿,"像这样的情况,你是不是应该,跟我讲明白?"

这样的情况?是什么情况?林婉脑子有些反应不过来。

"我才好帮你应对。"童姐坚定了下语气。

哦,和余城啊。

"也没什么,算是同学,关系也还不错,"算得上不错吧?"后来他转学走了,我们就断了联系,前些天在录制先导片的时候才见着。"

童姐见她不愿多说也就没有继续追问,反正按着这个说辞,已经可以在前天录制那期节目播出后,写一些澄清通稿了。

"行,我知道了。我筛选一下节目之后发你邮箱,你确认一遍我们就签合同。"

林婉十分感谢她的经纪人是童姐,给了她十足的理解和尊重。

挂掉电话之后,林婉订了最快回北京的机票。这里已经没什么值得她怀念的东西了,昨天任由记忆在城市里放纵,今天开始,是该回到正常的生活轨迹了。

没有通知任何人,她悄悄回到了北京。

缓缓置身于盛满水的浴缸里,缓解这一天来的疲惫。或者说,自从她踏进上海,她就没有一刻是轻松的,更甚者,自从再见余城,她的心里就始终像压了块大石头,整个压得她连口气都喘不上。

在下飞机之后,林婉看到了童姐发来的经过筛选后觉得不错的几档节目,都是收视率和点击量火爆的节目,还有一个访谈更是老牌口碑栏目。

但是总共也不多,就三个行程。童姐大概也是怕她再出什么岔子吧。

最快的录制时间也是在三天之后,明天再跟童姐确认吧。林婉缩在自己柔软而温暖的床上,抵抗不过越来越沉重的眼皮,缓缓闭上了眼睛。

"林婉婉!起来了!快点儿!"

酥酥?怎么有酥酥的声音?哦对,酥酥有我家的钥匙。

"快啊！"酥酥想要很酷地一把掀起林婉的被子，发现被她裹得死死的根本拽不动。

"你干吗啊？"林婉被她吵得实在烦心，抱着枕头猛然坐起来，头发还乱七八糟挡在面前，酥酥凑过去把挡住脸的碎发给她掀开。

"小小胡给我打电话了，他爸昨天连夜转院到北京来了！"

林婉打了个哆嗦，彻底清醒了："什么？什么情况？怎么转院这么突然？"边说边开始沿着床边找衣服。

酥酥把衣服给林婉递过去，林婉抓紧换衣服起身："对啊，昨天半夜的事情。他刚给我打的电话，我又不了解他们家具体情况，只有拜托谢意先去看看情况，就过来找你了。"

林婉想起了什么："你看上的那个谢意不是精神科的医生吗？"

"反正是医生啊！总比我们进医院连个人都不认识的好吧。"

倒是，现在进医院，认识一个医生可是方便多了。

"走吧。"林婉随意抓了抓头发，在脑后绑了个丸子头就叫上酥酥出门了，前后大概不超出两分钟。

酥酥愣住，她还没见过这么不修边幅的女明星。她伸手把林婉向屋子里拉了一把："你不刷牙洗脸，不化个妆什么的？"人家千颂伊生个病去医院都要撸个妆呢……虽然林婉还没红到那个程度。

显然林婉的力气更大些，硬是把酥酥从屋子里拉出来，把门关上，走在电梯口按了往下的键，还好，电梯就在楼上两层。

"我包里有漱口水和湿巾，待会儿车上擦一下就行，还化什么妆啊。"林婉着急得不行。

电梯直接到地下停车场，酥酥的车很好认，林婉径自走过去，

"不了吧，我在这儿打个车就行。"

"快点儿，这儿有监控。"好像偶像剧里面，男主角都是这样要女主角坐上他拉风的跑车的。虽然余城这是辆保姆车，但还是成功要挟到了林婉。

"哪里不舒服？"余城像是刚结束一场通告的样子，脸上妆面还算完好，眉峰挺立，但也难掩疲倦，头靠在椅背上，只是歪着脸对着林婉。

见林婉虽然此时兴致不高，但还是暗自皱眉打量他，他便开口解释："我半夜到的北京，就去拍杂志封面了。"

"哦。"林婉波澜不惊，但是坐在前面的两个人满眼震惊地对视一眼，心里已经掀起巨大的波浪了。

看不出来啊余城，还以为十几年都没追到人家是因为你不会撩妹，没想到还会主动汇报行踪呢！虽然语气还是一如既往的烂。

李昱心想，也不枉我在发给林婉经纪人的邮件里多塞了好几档节目，增加你们相处的时间，嗯……虽然很多还是余城自己要求的。

"也不是我不舒服，"林婉也解释道，"是我之前资助的山区小朋友，他爸爸二度中风，转院来北京了。"

"就在刚才那家医院吗？"余城想了想，在北京的医院他好像也帮不上什么忙，"要不要转院去上海，那边我可能会熟悉些。"

"不用了，"林婉赶忙阻止，一个中风的患者，老是转来转去的也不好，"酥酥有认识的医生。"

"嗯。"余城也就不多说什么了。

车里一时间陷入了莫名的安静。前排的李昱和司机面面相觑，尤其是李昱，眼睛都快长在后视镜上去了，看着后面那两位安静不说话的人，恨不得自己亲自下场撩妹了。

但是看着余城无意间传来的警告的眼神，他最终放弃了这个想法。

算了，余城自己的事情，自己看着办就行，经纪人还包管艺人的感情问题？不存在的！

车又开了会儿，林婉望着车窗外不知道是哪儿的街道不断往后退，猛地反应过来。

"这好像不是回我家的路啊。"但她还是小心翼翼地说着。

林婉妹妹，我们也不知道你家在哪儿啊，怎么可能会是你回家的路呢？李昱有些为林婉的智商堪忧。

"先去吃饭。"一直在闭目养神的余城终于坐了起来。

林婉不知道怎么拒绝，但是她摸着良心起誓，她真的不想去。接受和余城一起录节目、上综艺，是有小小胡的事情在背后推波助澜，让她可以心安理得地面对余城，但是要她去和余城吃饭，她自认还没有做好心理准备。

"酥酥！怎么办遇上余城了！我就在他车上！还说要一起去吃饭！怎么办怎么办？"

就算酥酥骂自己打扰她约会林婉也认了，实在没办法了，林婉此刻心乱如麻。

"什么？你什么时候又上了余城的贼船？"

这是重点吗？这不是重点啊！

"上了他的船你怕就是他的人了,林婉婉你加油吧……"

这是什么闺蜜?怎么说话的?

"我们就是去吃顿饭,不下毒。"李昱实在看不下去了,林婉的模样,实在是有些……像是下一秒要去英勇就义一样?

到了吃饭的地方,无法拒绝的林婉磨磨蹭蹭下车,跟在余城一行人后面,悄悄地拉住走在最后的李昱:"这里安全吗?不会被拍到吧?"

李昱稍微低着头,用只有他们两人才能听到的声音说:"放心吧,老板是熟人,而且有包间。"

林婉还是不死心:"要不我就先走了吧,这风口浪尖上的,拍到我和余城一起,还不得翻天了?"

她以为经纪人都是很吃这一套的,然而,她可能低估了李昱,他突然大声喊住走在他们前面一点的余城:"城哥!"

余城回头,看着显然被李昱这一声招呼弄得目瞪口呆的林婉。李昱此时已经快步上前,站在余城旁边了:"城哥,林婉说她担心被拍,我去给你们叫个包间。"说完就先自行走了进去。

这到底,谁是经纪人?怎么看上去余城才是大佬?林婉想想自己被经纪人支配得瑟瑟发抖的样子,这一对比,果然是人比人气死人。

"走吧,在外面更容易被拍。"余城站在门口等着林婉。

林婉没法,听见他这话只得三步并作两步地走了进去。不就一顿饭嘛,吃就吃,谁还跟吃的过不去?

林婉是下了很大的决心，才跟余城坐在了一张桌上吃饭，但这并不代表她就能和跟其他人吃饭一样，在餐桌上谈笑风生随意抖机灵。

她只顾着埋头吃饭，充分展现出她绝不和吃的过不去这一心理。

看到林婉吃得不管不顾的样子，余城倒是挺平静的，只有李昱和司机再一次感受到林婉带给他们的震惊，现在的女演员，都是这么放飞自我的吗？人家不都是说，女演员在网上晒的美食都是假的，都不会真的吃，现在他们怀疑，女演员在网上晒的减肥餐才是假的。

感受到餐桌上同伴好奇的目光，林婉赶忙咽下还含在嘴里的食物，还没来得及开口解释，余城先开了口："你们别老盯着她，有些人就是这样，怎么吃都不会胖，其实就是肠胃不好。"又顺手递了杯水给她，"喝口水再吃。"

林婉双手握住杯子喝了口水，还不住点头，刚刚那口的确有些噎着。

"嗯，我就是肠胃不太好，吃得多但是胖不到哪儿去。"林婉想起前些天网上说她上镜有些胖了的言论，觉得自己这样膨胀是不是不太好，又继续说，"但好好忌口上镜总是会再好看些，我就是管不住嘴。"

这样应该能表达她的谦逊了吧？不知道能不能稍微挽救一下她的形象。

"算了吧你，"余城今天是不是专门来拆台的？"想吃就吃，胖胖的也很可爱。"

李昱和司机放下了手中的筷子，算了不吃了，狗粮已经吃饱了。

而林婉完全没有想到余城会这样说，羞红了脸也默默放下了筷子，谁胖胖的了？你全家都胖胖的！

这一切的始作俑者余城似乎没有意识到他的一句话让在场的其余三个人都放下了筷子，他仍旧是淡淡地道："吃好了？那走吧，先送你回去。"

听到要走了，林婉比谁都激动，立刻报上地址。余城就这样轻松要到了她家的地址，而林婉自己还没有意识到这个问题。

把林婉送回家后，李昱悄悄问余城："你今天什么情况？你没见人家林婉还没吃好吗你就那样说？她其实真不胖啊。"即使她是真的能吃。

余城把李昱推开，一个男人靠在他肩膀上，实在是有碍观瞻。

"她肠胃不好，早上吃太多油腻的要闹肚子。"

这回不用余城推开了，李昱自己把位置往离余城远些的地方挪了挪。

"怎么不见你这么关心关心我呢？而且我单身，别刺激我！"虽然余城也是单身，但是莫名被他过得就好像有女朋友似的，甜得很。

"对了，"即使余城虐到了他，但正经工作可不能忘，"林婉经纪人核对好节目行程了，我们发过去的几乎都达成了一致，看来你还是有点戏啊，说不准，这还是林婉妹妹自己要求的呢！"

李昱那副看热闹不嫌事儿大的样子实在有些贱贱的。

"你可闭嘴吧,林婉妹妹？以后记得叫嫂子！我可是你城哥！"

李昱发现，只要林婉不在，余城就还是那个绝不让人占便宜的

余城。

"你们今天战况如何?"

大概是约会结束了,酥酥竟关心起了这个问题。

"不如何,吃了饭就回来了。"

能有什么战况?林婉一想到过段日子几乎要和余城朝夕相处就头皮发麻。

"什么?就没有什么深情告白?或者是甜蜜一吻吗?"

这都是些什么跟什么?

"苏一梨同志,请你注意一下你的言辞好吗?"

酥酥显然没有理会林婉的抗议。

"大家都是成年人了,还害羞的吗?你以为你们还是当年那两个小屁孩呢?"

什么时候起,酥酥可以轻易提起当年了呢?其实她也不过是在试探林婉,在林婉和余城这次的重逢以前,酥酥对于这个人和这些事,完全是绝口不提的。

"不好意思,当时你也只是一个跟在我们屁股后面的小屁孩。"

酥酥没想到林婉竟然用了"我们"来形容她和余城,简直是信息量巨大。一顿饭就被收买了?果然是女大不中留啊。

这些天,林婉的行程都安排得很紧凑,除了睡觉的时间,几乎都在赶通告,其实换句话说,就是除了睡觉的时间,她都和余城在一起。

"其实，如果睡觉的时候也在一起，你也是不介意的吧？"这天开工前，李昱拿余城打趣，余城竟反常地没有反驳他，仿佛是默认了这种说法。

李昱一脸不可思议，没想到你竟然是这样的余城！

一般男嘉宾和女嘉宾都是用的不同的化妆间，在杂志拍摄当天，余城却硬要往人家林婉的化妆间去挤，周围的工作人员都不是很懂，而他说是因为大家人多热闹。但是，就这样一个不足二十平方米的小房间里，你一下挤进来这么多人，你说这叫热闹？这怕都算得上是蜗居了吧。

余城可不管这么多，拎着手里的橙子放到林婉面前。林婉正在画眼妆，没有看到余城走近，所以突然听到余城说话，声音就在耳边的时候，吓得她眼睛眨了眨，眼妆就画花了。

林婉意识到是自己的问题，正要向化妆师道歉时，被余城抢了先："对不起啊，是我突然出声吓着她了。"

化妆师哪里想过有朝一日余城可以这样跟她说话，当时就表示谅解，一时间甚至激动得手都在抖。

余城又对着林婉："这些，记得吃。"

余城走后，化妆师还在激动，掏出手机打算发微博求羡慕，试探性地询问林婉可不可以把余城给她送吃的这个事情说出去。林婉尴尬表示还是算了，现在网上本来就在抓他们俩的"石锤"，还是低调些好。

化妆师立马表示一定替他们保密，绝对不多说一句他们的关系。

林婉听到这话才是一头雾水,她和余城有什么关系了?现在人的脑洞,真的是大得可以去当编剧了。

但是不管是余城的经纪人,还是助理,都时不时就过来"探望"一下林婉,一会儿问她今天冷不冷,一会儿问她口渴了没,一会儿又是给她拿靠枕过来让她化妆时候坐着舒服些,让在场的工作人员再一次确定了余城和林婉的关系不一般。

只有林婉今天带来的助理十分难过,恨不得站在林婉背后去,向这些嘘寒问暖的家伙表示,咱们婉婉是有助理的人,不需要他们在那儿一个劲儿找存在感!

终于,还没等到助理怒刷存在感,林婉已经受不了了,在李昱第无数次在她耳边哗哗哗的时候,打断了他。

"昱哥!"这样叫应该没错吧,林婉记得她听刚刚杂志方的工作人员是这样叫的,只是她不知道李昱心里咯噔一下,暗道不好,怎么倒霉事儿都让我碰上了呢?

林婉可不知道他的这些小心思,只继续说:"我很好,我什么都不缺,你别操心了。再说,我今天带了助理出来的。"说到这儿,助理小柳抬了抬脸,一副"嗯,对,没错,就是我,大家快来看,我才是林婉助理"的样子。

李昱尴尬地笑了笑,这个林婉,拒绝起人来倒是丝毫不留情面:"是是是,这不是怕你又是一个人出来照顾不好自己嘛,有助理就好,就助理我就放心了,哈哈哈哈……"一路笑笑走到只间隔几步的余城旁边,这位背后主使还闭着眼睛,安静地任由化妆师在他脸上涂涂抹抹。

"都怪你！你家初恋怎么跟你一样，你们都属狗的吗？简直不识好人心！"

余城安慰他："你要想，幸亏我今天在化妆，不然被怼的就是我了，是不是心理平衡一点了？"

想想也是，但在不久的以后，李昱在见识到林婉对余城有过之无不及的关心和照顾时，回想起这一天，依旧觉得自己是个傻子。林婉会怼余城？呵呵，不存在的。

两人的拍摄进行得十分顺利，摄影师都不住夸赞他们俩面相十分地配，而现场的工作人员更是悄悄偷拍了无数他们的花絮照，虽然都是签了保密协议绝不外泄，但是放一对赏心悦目的帅哥美女在手机里，自己欣赏也是好的呀。

今天唯一的一点不顺，大概就是余城拒绝了摄影师的要求吧。

拍摄快接近尾声时，被余城林婉在镜头前的超高默契激发起创作灵感的摄影师突发奇想，为他们设计了一组稍显高难度的拍摄动作，希望他们能够配合。一直以来都很配合的余城，面色严肃地拒绝了这个要求，令在场人员都十分惊讶。毕竟余城从开始到现在都是和颜悦色的，让他们都忘记了，其实余城还是个不太好相处的艺人。

"怎么了？"助理小柳刚刚还在外侧守着，见拍摄中断，赶忙凑上来询问情况。

林婉对她摇摇头，示意她没事儿，不用管。两人只站在一旁，听着余城和摄影师沟通。

但是艺术家固执起来,也是九头牛都拉不回来的那种。

听了半天,小柳才听懂了他们在说什么,敢情是摄影师提出来的动作太危险,余城怕林婉出事,才起了争执。这种事情,不是应该直接叫她来处理吗?她才是助理啊!这个时候,小柳又一次感受到了她助理身份被漠视的悲哀。问题是,她还不能反驳,因为对方是余城。

"这个真的不行,太危险了。"余城很坚持。

"可是……人家女士都没有意见!"摄影师被余城缠得没法,只得搬出在一旁看热闹的林婉,她既然没有说话,那应该是不反对的吧!

但是,很明显他误会林婉了。

"他的意思,就是我的意思。"林婉想了想,还是这样比较简洁。

她此时还站在灯光处,一直在和摄影师争执的余城反倒站在暗处,灯光下的女孩儿半点没有了当初的唯唯诺诺,就像那年在网吧外面提醒他赶快躲起来的少女,声音都在发光,而她现在就站在那里,四处的灯光照在她身上,却是暖在了余城的心里。

"你可打住吧你!"李昱一句话把余城拉回现实,他们已经结束拍摄,在赶往下一个通告,"别以为你英雄救美了一回,林婉妹妹随便说句话就让你高兴得找不着北了。"他看了眼时间,"反正现在你耽误了时间,咱们今天又要加班了!"

"那没关系,"余城现在可听不进去这些,"反正加班也是大家一起。"

李昱知道他口中的大家一起，就是和林婉一起。现在他们俩的车正一前一后一起赶往下一个通告的地方，去录制一期电台节目。

　　这样边工作还能边撩妹的好事，怎么就轮不上他李昱呢？

　　录制完电台，已经接近凌晨了，工作人员都提议一起去吃消夜，林婉耐不住所有人的邀请，也就一起去了。

　　她和余城很自然地在大家的默契中坐在了一起。

　　"大半夜的，这些油腻的东西你还是少吃些，待会儿回去睡觉前把药吃了再睡。"余城提醒她。

　　林婉一边往嘴里塞吃的，一边"嗯"了一声算是应下了他的话。

　　小柳就坐在他们旁边，这是第无数次她感受到她的助理身份被漠视了，这难道不应该是她这个助理应该做的事儿吗？虽然她并不知道林婉肠胃这方面的细节，在她上任前，童姐给她的资料里确实没有这些。

　　"小妹妹，"李昱大概看出来了小柳的失落，"以后你就习惯了，这些助理的工作呢，你也都大半可以放心交给城哥做，不做事儿还能拿工资，美滋滋啊。"

　　小柳狠狠地瞪了他一眼，她才不是那种只吃饭不干活的人呢。等会儿回去立马恶补关于照顾林婉的"知识"！她算是看出来了，这余城就是想要追林婉，之前童姐说的要防着点他真是一点都没说错。

　　看着余城不住给林婉夹菜，童姐说过林婉挑食，没想到他夹的菜林婉都没有拒绝，看来余城追女孩儿功课还做得挺足的，心下更坚定了要恶补"知识"的决心。

"好了,这些吃了就不吃了。"余城放下筷子,也不准林婉再吃了。

这时候林婉才发现,他好像都没怎么吃,就只顾着给她夹菜了。而周围的工作人员都一脸了然的样子,就连今天刚开始想要和余城套近乎的电台女主持都没说话。

"你怎么自己不吃?"她问。

"我晚上吃了要发胖,看你吃就行。"

林婉一阵脸红,到底抵不过美食的诱惑,一言不发吃着碗里的东西。

这时,一旁的工作人员忍不住了:"咱们城哥不愧是好男友啊,自己不吃都得把女士照顾好。"

林婉听着这话,一口就给呛着了,止不住地咳嗽。余城赶忙递杯水过去,但是被小柳抢了先,林婉接过小柳递过来的水大口大口地喝着,余城只好尴尬地放下了杯子。

这会儿明眼人算是都看出来了,这哪是男女朋友啊,显然是一出襄王有意神女无心的戏码啊,都再不出言打趣他们,只顾聊着今天的录制。

"余城。"聚餐结束后,林婉一反常态没有拒绝余城送她回家的要求。这也是两人重逢以来,林婉第一次主动叫住他。

正在开车的余城"嗯"了一声,以掩饰自己内心的紧张。

"你为什么不跟大家说清楚?"

余城差一点就笑出声来,这算是什么问题?

但他还是耐着性子问她:"解释什么?"

"你为什么让大家误会我们是那种关系?"林婉更清楚地表达了她的问题。

难怪她刚才不接他递过来的水,原来是想借此澄清。不得不说,关键时刻林婉的脑子还算是清醒。

"没什么好解释的啊,"余城语气轻松,"现在大家都知道是我在追你了,并不是误会。"前面是红灯,余城缓慢踩下刹车,刚好没有压线,停车后他望着就坐在他身侧的,他想念了太多年的姑娘,"我就是在追你。"

感受到他正望着自己的目光,林婉赶忙扭过头看向车窗外。凌晨的北京即使人烟稀少,也还是不至于显得凄凉,不像家乡的小城那样。

红灯已经跳成黄灯,一秒又转变为绿灯,余城踩下油门朝着林婉家开去。久久等不到她的回答,他又好似自言自语一样地说着:"反正我们十几年前就被人误会了,再被人误会一下,好像也没事儿。"

听他这话,林婉心里一紧,原来他什么都知道。知道班上的同学都猜测他俩的关系,知道那些关于她和余城的流言,但他还是一样和她站在一起,从来都和她站在一起。

第七章

从以前到现在,从始至终,并且从一而终。

"怎么,被感动了?"

这个问题来自酥酥的日常询问。

酥酥继续说:"被感动很正常啊,换我早就认输投降,投进城哥的温暖怀抱了。"

有时候连酥酥都觉得林婉太过于铁石心肠了。

林婉:"可是你不会觉得太快了吗?我们都多少年没见了?"

酥酥:"你就是顾虑太多,是,你们是很多年没见了,但你还不是一样忘不了一样放不下,凭什么人家余城就不能呢?"

因为他是余城啊，是一直一直被人仰望的余城啊，他怎么会一直在意一个这么普通的我？

林婉把手机扔在一边，认真反思自己。

明天还是和余城一起工作的一天，也还是和今天电台录制时同一个节目组，都是最近才在年轻人中火起来的网络平台的工作人员，明天她和余城要去录制该平台的另一档节目。

今天那个摄影师讲的动作，她其实能做的。出道五年，自己一个人什么苦没吃过？就是突然有一天，站出来一个人，他告诉你这样太危险了不能去，而且这个人还是她十几年朝思暮想魂牵梦萦的那个人。

就一下子，慌了神。

余城不可能喜欢她的。即使这些日子里余城表现得足够明显，林婉也依旧不信。她不是信不过余城，而是不相信自己。

就像在过去的年月里，每每思及余城，她总会提醒自己，他再也不会回来，你们这辈子都不过是路人而已。即使她每一天，都会想起他来。不知道林婉是怎么做到的，她不期待，只想念。大概是期待一个永远不会来的人太累了吧，她的自我保护，让她再也不会期待。

第二天的录制在下午和晚上，节目组的官方微博早就公布了嘉宾名单以及他们的行程。当林婉下午赶到的时候，录制现场已经被从各方赶来的粉丝们围得水泄不通了。

其中大多数都是余城的歌迷，还有一些他们俩的CP粉，举着应援灯牌，当然，零零星星还能看见林婉自己的粉丝。

没想到有一天林婉也能有自己的粉丝来给她做应援，网络上还是会有些不好听的言论，但现在已经会有粉丝或是路人，愿意为林婉说句话了。

"你看她笑得多嚣张，跟我们示威吗？"

在一则现场照片里，林婉正微笑着沿粉丝中间走进被她们包围起来的录制地点。

"楼上的，嘴巴放干净些！人家笑一下还有错了？"

"这人是有被害妄想症吧？人家笑一下都不行？笑一下你还能写本小说出来了？"

不得不说，现在想做一名合格的网络喷子，不带点智商是不行的了，为了喷而喷的时代早就过去。

在录制节目的林婉当然不会看见这些，只是这些都被小柳悄悄截了图，传到一个名叫"林婉全球粉丝后援会"的群里，当然，这个群里也就四个人，林婉、酥酥、童姐，还有她。

酥酥："什么人啊嘴巴这么脏！"

童姐："看到下面的回怼我就放心了。"

酥酥："这一届的喷子，智商不太合格啊。"

等林婉中途休息看见这些对话的时候，忍不住往外围的粉丝群望了一眼。

"出什么神呢？"余城远远看见林婉在往粉丝里望，走出来提醒她回神。

"没什么，就是不知道以后该怎么去面对这群人。"好像做什么都不对。

余城听她这话实在想笑，这么玻璃心进什么娱乐圈？

"你还想干吗？被人喷一下就觉得难做了？"

"不是难做，"林婉否定了余城的说法，"就是不知道怎么做她们才会觉得满意。既然她们都让我不高兴了，我还要费尽全力去逗她们笑，凭什么？"林婉歪着头认真望着余城，渴望一个答案。

现在的林婉可不是当年的小白兔了，而是一只十足的小猛虎，是会想要咬人的。

"你可省省吧，"余城没想到林婉竟然是这样的想法，终于长成一个有爪牙的她了吗？看着林婉那一副想要打一架的样子，他还是出言劝道，"那么多人呢，我们两个加起来也打不过她们啊。"

林婉被他逗笑，是哦，好像她也确实不能怎么样。

"走吧，还有半截没录完呢，完了带你去吃饭。"

还要一起吃饭？林婉回想这几天，怎么都是和余城在一起吃的饭？

周围的工作人员也都竖着耳朵在听他们的对话，时刻关注着在心里立起的"今天城哥追到林婉了吗"这个话题。

"哦，对了。"余城突然停下脚步，林婉一个不留神就撞在他身上。

她愤愤抬起头，刚刚才克制住的不满又一次挂在脸上。

"我就是想问你，明天回去吗？不是说咱班长结婚吗？"

不只是林婉愣住，在场的工作人员都愣住了。敢情这俩是同学呢？所以刚才的那个话题，是一个根本就不存在的命题咯？一直觉得林婉和余城超级般配的工作人员此时此刻心态有些不稳定，而那

些剩下的觉得林婉就是配不上余城的人则是一脸的幸灾乐祸，有几个女工作人员甚至拿出随身的粉饼开始补妆了，这说明她们还是有机会的呀。

"你怎么也收到请帖了？"林婉纳闷了，他不过才在班上读了半学期，怎么人结婚都还要给他寄请帖？她也没见余城在他们初中的班群里，难不成还是有私交了？

看她一头雾水的样子，余城还觉得有些可爱，想要伸手去摸摸她的头，想着现场这么多人，最后还是放弃了，有些刻意地把手贴在裤腿边上，尽力克制住自己的冲动。

"就是前些天，在机场偶然碰到，打了个招呼，就顺便提了一句这事儿，之前根本都没有联系。"

他说得倒是直白。林婉想起在余城转学走后，班上同学都在向她打听余城的去向，她记得刘希文还来问过她好几次。

"我还没想好，你去吗？"

"明天好像没事儿吧，一起去？"

"行吧。"

两人越走越远，只留下一群工作人员还在原地发蒙，只有李昱和小柳都一脸了然的样子。只是李昱比起小柳来还有一点不一样，暗自在心底里嘀咕着，哼，你们一定想不到，这才是城哥给你们设的烟幕弹！他个大尾巴狼，就是在追林婉！这种天底下只有我一个人知道真相的感觉，还是很满足的。

这天注定是不平常的一天。

晚上录完节目,和余城说好第二天的出发时间后,林婉在家门口遇到了已经等了她很久的经纪人。

"童姐,你怎么来了?"林婉掏出门卡,两人这才走进楼里。

童姐一脸沉重的表情还是有些吓人:"你知道今天周五了吗?"

"嗯?"周五怎么了?

电梯"叮"的一声,林婉拉着看上去有些魔怔的童姐走进去,按下自家楼层。

"今天要播《当我成为你》。"就是余城和林婉作为常驻嘉宾的那档综艺。

那又怎么了?林婉刚想说童姐大惊小怪,这么个节目不是周周都要播的吗?就突然脑子里一闪而过一个念头,莫不是要播到上海旗袍那期了?

林婉无比惊恐地看着童姐,对方只给她一个"看吧你刚才还说我"的表情,最后,两个人差点忘记已经到家门口,还站在电梯里不肯动。直到电梯门都快再度关上时,童姐才反应过来抢着再按了一下开门键,拖着已经丢了魂的林婉回到屋子里。

"卸载微博吧兄弟。"这是目前为止童姐能够为林婉想到的唯一出路了。

林婉这才反应过来,为什么童姐和李昱没有给他们俩安排明天的通告。李昱是为了给余城避开那些无聊的追问,估计童姐则是怕她出门会被打吧。

"通稿写好了吗?"林婉很久以后才回过神来。

童姐让她放心，向她很认真地点了点头，从包里掏出一张皱巴巴的纸："给你带过来了，你看看吧。"

通读一遍后，林婉觉得没毛病。就是解释了下两人是昔日同学旧友的关系，写得郑重其事，言简意赅，嗯，非常官方，没有任何情绪。

"我已经让我们公关部的改了无数次了，千万不能让那些余城的粉丝挑出任何一个字来说我们抱大腿。"

"那你给李昱看过了没？他们怎么说？"林婉想了想，觉得还是余城方面发稿子会比较合适。

"说过了，他说就让我们发，是余城的意思。"

余城的意思？余城的什么意思？

童姐跟林婉解释："余城的意思是，如果他们发，那你一定会被全网嘲讽，说你被人嫌弃之类的，所以还是我们来发这个声明，到时候他们工作室转载就是了。"

没想到他还考虑得挺周到。

"行吧。"林婉拿出手机，她也觉得她今晚并不适合有微博这个东西。

坐在她身侧的童姐支支吾吾的，林婉实在看不下去了，放下手机听她到底想说什么。

"有什么你就说好吧，"林婉笑笑，"我们还有什么不能说的。"

在林婉心里，这一路上遇见童姐和酥酥就是她最大的运气了。

"你和余城……"林婉也没想到童姐会过问她这个问题，"是这样的！"她正襟危坐，认真地听童姐说话，"那天录完节目你不是回家了吗，我们一起去聚餐了。"

是了，余城送林婉走的时候是说过晚上会去聚餐。

"我当时就在想这期节目播出之后怎么处理，余城过来跟我说，"童姐回忆道，"他说，这个事情让我们不用太操心，到时候发个声明，就说你和他是同学旧友，其他的他来处理就是了。他还说，你一个女孩子在这个圈子里不容易，一定要注意观众缘，说你容易激动，让我不要告诉你这事儿……"

所以你之前就一直没有告诉我？林婉用一种询问的眼神盯着童姐，还真把童姐盯得有些发怵，她赶忙向林婉解释："你看我这不就跟你讲了吗？"

一时间信息量有些大，林婉觉得她得好好捋一下。

"也就是说，这个声明的通稿是余城让写的？并且他还有后招？"林婉估计之后余城会让工作室转发，也不是撇清关系，而是做出一种是他在跟林婉示好的情形，把网友的怒骂、所有的舆论都引到他那里去。

的确，现在发生这样的情况，一般明星发了声明之后都是要在风口浪尖上避一避风头，而余城知道林婉避不起，好不容易有点知名度，如果不趁热打铁往上冲一把，她说不准就真的就此沉寂了。

这时候林婉算是想明白了，他这是在一点一点给她下套呢！

"我可不欠这么个人情！"林婉越想越不对。而在一旁的童姐惊了一下，她难道不是在给余城刷好感吗？怎么变成这样了？

"不是……那你……"

童姐的话还没说完，就被林婉打断了："这个公关方案不行，你马上跟公司说我不配合！"

"啊?"此刻的童姐有些蒙。

"我马上编一条微博,你念给公关部的听。"

这么多年的相处,童姐对于林婉的执拗还是有几分了解的。她硬着头皮几番沟通下来,总算赶在网上的言论发酵之前,按着林婉的想法发了这条微博。

林婉V:别来无恙啊,多年未见的老同学! @余城V

而余城在接到这条艾特之后,还算是反应很快。

余城V:十二年了,别来无恙#愉快#//@林婉V:别来无恙啊,多年未见的老同学! @余城V

底下的评论更是一片疯狂。

"什么?我刚刚粉上的CP你跟我说是同学?"

"是同学怎么了朋友?难道不是更甜吗?从校服到婚纱了解一下!"

"校服是最美的情侣装!"

"就这货色,还是城哥同学?"

怎么,同学还要选个美才能当?你难道是选美上的学?

"同学就可以蹭我城哥热度了?就可以噌噌噌往上贴了?"

哎,我就纳闷儿了,你哪只眼睛看着我往上贴了?请你注意你的言辞好吗,都是我在躲!

最后,林婉还是没有卸掉微博,认真观战比较适合她。并且她已经换上小号,随时可以作为一名优秀的喷子上去怼人。

不过几分钟,林婉微博的转发和评论已经上万,并且直奔着十万去。

"啧啧啧,这速度,的确不能低估了网友们的力量啊。"

林婉点开热搜,果然在榜首的#余城林婉#话题后面,带了个"爆",想到这个在网络上大爆的讯息还是来自她自己一个字一个字按出来的,她就有种十足的骄傲。

只有童姐在为林婉争取到她发这条微博的可能之后,坐在沙发一角再没有说过话。

"你肯定在想,为什么这么好的机会我会去拒绝。"

"不是。"

林婉哑然,不是吗?

"我是在想,余城为你做这些,你究竟哪里不满意了?"

原来是这个。

"那你觉得,当他告诉我,我可以拿他当挡箭牌的时候,就欢天喜地感恩戴德地答应他吗?"

林婉也同童姐一样,坐在了灯光照不到的阴暗处,只是两人坐在南北不相及的两头。

"曾经的林婉和现在一样,在一个阴暗的地方,没人看得到她。"她顿了顿,慢慢回忆,"只有余城看到了她,还看到了她的野心和不满足。所以余城拉了她一把,她慢慢走到有灯光的地方,向人群靠拢。"

这是余城走之后,林婉开始做的事情。

"可是这样还不够,我要站在最高的地方、最亮的地方,我想要所有人都看到我。不是因为余城,是因为林婉,是看到叫林婉的这个人。"童姐不是不知道林婉的想法,只是没想到她心里的执念

这么深,"余城做得够多了,我知道即使是现在,我有今天都是靠的余城。但是以后我想尽力试试靠自己,我想试试看到底林婉能做到什么地步。虽然我知道现在还不够,我还是那个没什么作品给人知道,甚至还是个蹭人热度抱人大腿的林婉,我自卑了这么多年,我就想试一试,万一呢,万一我能靠自己就红了呢?"

到最后,她的声音越来越小。童姐走过去把她搂在怀里,轻轻拍了拍她的背,柔声道:"好,咱们靠自己,我们都陪你。"

林婉紧紧地回抱住她。

第二天,林婉一切如常地带着她和酥酥的两份礼金和余城一起踏上了回家的路,而余城也相当有默契地对昨天的事情三缄其口。

这人也是奇怪,不回去的时候可以八年都不回去,这回了一次之后吧又赶着趟儿一样往回走。

"咱们先去个地方吧,回上海了再转机。"

林婉不明白:"去哪儿?"

"走吧,去了就知道了。"

就这样,说好去参加婚礼的两个人,临时又改变了行程。

由于昨天的事情直到现在都还在发酵,在机场的候机室,旁边的余城在闭目养神,这头林婉忍不住掏出手机翻自己微博底下的评论。

"发自内心讲,你配不上我城哥。"

哟,还发自内心呢?我也不是要去配得上他好吗?林婉看着这些喷子或是黑粉的言论,心里默默回怼。

"你不配,谢谢。"

我就当个同学我需要配什么?

"求放过。"

要放过什么?林婉有些蒙。

林婉实在忍不住了,随手选了一条回复:"你们上学时候的同学,都是自己选的?需要考试吗?现在读书这么人性化了?"

回复完,她就关上手机了,估计又要掀起一番热议吧。她鬼鬼祟祟向周围望去,偌大的候机室只有她和余城,于是悄悄把手机放进包里,忐忑地闭上眼睛。其实她还是有些心虚的,不知道童姐看到会不会想要掐死她,干脆一不做二不休关机,反正她也快登机了。想到这里,她也就安心休息了。

"你鬼鬼祟祟干什么呢?"

余城不是睡着了吗?林婉被他的一句话吓得猛然睁开眼。

"没……没干啥……"林婉看见余城开始掏手机出来,心里暗道不好,缓缓侧过脸去闭上双眼,心里不断默念看不见我看不见我。

时间仿佛在这一刻停止,林婉大气都不敢喘上一口。过了一会儿,余城打破了这个僵局:"林婉你还真能耐,知道那是喷子吗?"

感受到从背后传来的余城的目光,林婉小声说:"知道……"

"昨天我还以为你这么些年变聪明了,就学了这点儿小聪明?嗯?"

余城这句话说得林婉心里痒痒的,挺不是滋味,她小声嘀咕着:"我怎么了?我觉得我挺不错的,你厉害那是你的事情……"

"说什么呢,大点儿声。"林婉的声音就像蚊子叫一样,嗡嗡

嗡的,他根本听不清。

"我说——"林婉转过身来正对着余城,声音放大了不止一倍,"我说……我错了。"

上一秒还活蹦乱跳的林婉最终还是乖乖认怂,这事儿确实是她脑子发热了。

余城看着人前的小野猫在他面前变成一只乖乖的小奶猫,差一点儿就忍不住想要一把搂在怀里,揉揉她的头发。

"好啦,走了。"余城站起来,没有再看林婉,转身向 VIP 通道的登机口走去。

林婉"哦"了一声,低着头乖乖跟在他后面,再不敢出什么幺蛾子了。

直到下了飞机林婉才知道,余城甚至赶在林婉公司公关部删掉她的回复之前,抢先回复她:是我参加了转学生的考试才跟她当上同学的[害羞]。

看着走在前面的余城,林婉没有再去看那些评论,也没有理会微信里酥酥和童姐的连环消息,干脆把手机再次关机放进包里,紧跟上余城的步伐。

到了上海,林婉就仿佛丢掉了她的脑子,一路只管跟着余城就行。直到站在一栋具有十足的老上海风格的巷子口,林婉才反应过来:"到了?"

听到余城肯定的回答后,林婉跟着他走上了楼。

"奶奶!"在门口,余城高声喊着。

林婉被他吓得不轻，奶奶？这里是余城奶奶家？她看向余城的目光都变得无比疑惑。

　　在余城奶奶开门后，林婉努力用口型问余城为什么不早点跟她说，而余城轻轻瞥了她一眼，就像没看见似的，扶着奶奶先行进屋去了。

　　只剩林婉还愣在门口，磨磨蹭蹭的，不知道该不该进去。

　　"你站那儿干吗？一副小媳妇的样子。"余城回头看她。

　　嗯？小媳妇？林婉被他一句话说得羞红了脸，赶忙两步踏进屋子，并随手关上了门。

　　"奶奶！"林婉走上前去，甜甜地开口。

　　"哎！"余城奶奶紧紧拉住林婉的手，上下打量着她，"这是哪家乖孙哪，卖相老灵光呢。"

　　奈何林婉听不懂，只能歪着头看看一旁的余城。

　　"奶奶夸你好看呢。"

　　一听这话，林婉开心地挽住奶奶的手，嘴上像抹了蜜一样："谢谢奶奶！我才没有您漂亮呢，余城长这么好看，是遗传的您吧？"

　　这一句话，把屋子里除了她之外的两个人都夸了。

　　说着说着，奶奶竟然还把家里的相册打开，给林婉翻她年轻时候的照片，余城只站在一旁，好像他才是这个屋里的外人。

　　清早的阳光十分和煦，不像正午那般刺目而强烈，此时客厅正向阳，照在一老一少身上，好似她们整个人都发着光。

　　"奶奶，"余城打断了这一刻的美好，他今天带林婉过来，是有正事儿的，"您做的那件旗袍放哪儿了？"

旗袍？余城奶奶做的？林婉心里一动，想起了什么，莫不是……

就在奶奶进去里屋后，余城告诉林婉："你还记得吧？我说过的，我回来会有礼物给你的。"

记得，林婉当然记得。只是后来他走的时候……

"后来我回来的时候，误会你，就一直没给你。"余城解释，"我知道是误会，那个事儿不是你说的。"

可是他们还是错过了那么多年，这是事实，现在说什么，都是多余的。

"哎哟，这现在怕是没法穿了。"余奶奶捧着旗袍出来，"但是以后给你的女儿穿肯定是可以的。"余奶奶举着旗袍，在林婉身上比了比。

这是按着余城口述的小林婉的身材做出来的，现在的林婉肯定是穿不上的。

余奶奶还不停地跟林婉说，这孩子当年回来考试，非得缠着她做一件旗袍，又说不清具体尺寸，只说出一个大概来，可是难为她。

听得林婉一边羞红脸，一边还夸着余奶奶："那是他知道奶奶手艺好，做出来的肯定差不了的。"

哄得老人家笑得合不拢嘴。

"奶奶，"余城却是听不下去，再这样下去，说不准又要说出他的什么糗事来，"我们今天就先走了，还得去赶飞机呢。"

"什么？就要走啦？"余奶奶愣住，"怎么这么着急啊？回来一趟，就吃了午饭再走呗。"

林婉想起她包里还带着沉甸甸的礼金："奶奶，我们还得去参加同学婚礼，下次，我下次再来陪您吃饭。"

"那可说好了，下次可得再来。"看得出，余奶奶很喜欢林婉。

带上那件迟来的礼物，他们终于向今天原本的目的地出发了。

"怎么样，我就说过我奶奶做的旗袍，比艺涵做得还好吧。"余城一边开车，一边还不忘夸夸自家奶奶的手艺。

不过他说得确实没错，至少在林婉心里是这样认为的。

可是林婉此时犯了难，这么大一个包裹，她总不能带到别人婚宴上去吧。

"要不我们先找个快递，我把它寄回北京去？"林婉试探着问。

余城丝毫没有要减速的意思，直奔着机场开去："不了，就放我车上吧，等回来了我给你带过去。"

可是，这样的话，干什么要带她过来这一趟呢？这个问题林婉最终没有问出口，余城他高兴就好，她说的也不算数。

林婉站在酒店大堂写礼簿的人面前，一个人带着三份礼金，跟他念这三个人的名字时，她感觉到越来越多的人在看着她，有的甚至举起了手机。

"嗯……林婉？是那个林婉吗？"写礼簿的人跟她确认。

林婉一时也不知道说什么。

"大概，应该就是吧？"林婉哪知道他说的是什么，也只是糊弄着。

隔了一会儿，林婉见他没写错，又继续递上一份。

"余城,是那个余城吗?"

我的天,林婉头都大了,她哪知道,他说的是不是就是她认识的余城?都怪余城这个缩头乌龟!林婉在心里继续骂余城,说什么他们俩一起出现太招眼了,现在还在热搜上挂着的两个人不适合一起出现。那干吗不早说?还约她回来?这一路上风尘仆仆的,如果不是他相邀,她是绝不会回来的。

递出第三份礼金之后,意料之中那人又开始问了:"苏一梨?"
林婉马上就接上去:"对对对,就是那个苏一梨!"

她现在只想快些结束,回车上去当面骂余城一顿。大堂里来参加婚礼的众人都像是捡了个大便宜一样,使劲往林婉这边凑。上一秒他们中的好些人都还在网上看林婉和余城的八卦,下一秒故事本人就出现在面前了,任谁都想往前去看个仔细。

等到终于登记完,林婉想要往外走时,才发现在她四周已经围了这么多人了。

"林婉?你真的是林婉吗?"

林婉无奈:"对啊,我是真的林婉,不是假的。"

周围爆发出一阵笑声,说这话的是一个小男孩,也顿时羞红了脸。

她还在试图往外挤,周围都是举起的手机,她今天出门着急,都没怎么化妆,此时此刻这么多镜头都对着她,她心里十分后悔没有好好化个妆再出来。

"请让我一下,谢谢。"林婉不断向四周的人说着,"麻烦了。"
中间也不乏想跟她搭讪的:"林婉你是新郎的朋友?我也

是啊!"

"是吗?我们是初中同学。"林婉匆匆解释。

众人明了,林婉此时挪动的速度就好比乌龟,一个不算太大的酒店大厅她都挪了十几分钟才算是走了出来。

等她坐上车的时候,刚刚被人拍下来的视频已经传到网上去了。

林婉刚上车就听见余城手机里传来她的声音:"对对对,就是那个苏一梨。"

她捋了把自己的头发,顺了口气,刚刚真的是,拥挤,太拥挤了。

"怎么,不习惯这样?"

也不是不习惯,怎么说呢?其实她是很开心的,有这么多人都认识她了。

掏出手机,她终于自己单独上了回热搜。

"林婉还敢出门哪?不怕被人打哦。"

"打人犯法,法律了解一下。"

"哈哈哈哈哈,她是要笑死我吗?给个礼金就像做贼一样,我还以为她偷礼金去了。"

"楼上+1。"

"尤其是她最后说的那句'对对对,就是那个苏一梨',哈哈哈哈!"

"莫名觉得林婉和写礼簿的小哥哥配一脸怎么办?"

"终于有人跟我一样了!握爪!都是呆萌类型的!有人给他们牵个线吗……新郎?新郎在哪里?了解一下咯?"

"其实有很多人都很喜欢你。"就跟我一样。

车里陷入了一阵沉默,现在才过了中午,昨天半夜还在处理公关问题,一早又连着赶了两趟航班,林婉实在有些撑不住了,眼皮都在打架。

所以当余城提出去酒店休息会儿的时候,林婉几乎是立刻就答应了。

当林婉再醒来已经是下午,看看时间已经是四点多了,余城的房间就在她隔壁,想了想,她还是敲响了他的房门。

余城显然已经醒了有些时候了,不似林婉这样还带着些睡眼惺忪。

"去吃饭吗?"林婉声音软软的,就像小奶猫挠在余城心上,差一点他就忍不住把人拖进房间里。

"你等我会儿。"

话音刚落,他立马关上了房门,站在门口的林婉都还没有反应过来。

还迷迷糊糊的林婉根本不知道刚刚余城经历了什么,只是乖乖站在门口等他,就像是一个等着主人来认领的"小可爱",没有平时张牙舞爪的样子。刚走出来的余城只伸出手揉了揉她的头发,说声"走吧",她就乖乖跟上,两人一前一后下楼,也没人认出他们。

"为什么刚刚我就被那么多人认出来了?"林婉纳闷,明明现在跟她走在一起的这个才是个巨星。

"你今天比较特别,特别好看的那种。"

这说来就来的土味情话是怎么回事?林婉无话可说。

吃过饭之后,余城想要去学校逛逛,林婉陪着他又走到了学校门口。

"我记得我就是在这儿问你和苏一梨电话号码的。"

是啊,当时林婉就觉得这个人声音真好听。

走到学校里面,原来的教学楼已经破旧不堪,周围又修起好几栋新的教室。只是操场还是没有变,只铺上一层新的草皮,补了一层橡胶在跑道上。

"这样补过就好多了,下次有人摔倒也稍微安全些。"说完,他回头用一个意味深长的眼神看向走在他身后的林婉。

林婉知道他在说什么。

"后来我都没有摔过了。"唯一摔个狗吃屎的时候还刚好被余城看到,是真的很丢脸。

余城显然不怎么相信:"中考不是会考体育吗?怎么样,及格了吗?"

"及格了。"

她中考的时候,余城已经在念高一马上升高二了。

"那个时候我还在想,如果我还在,肯定不会让你不及格的。"余城回忆,"我肯定每天拉着你跑步,早中晚都要跑,那你肯定及格。"

"后来我是跟着班里的同学一起练的。"当时班上很多同学都在一起,大家都担心体育不及格影响中考成绩,那个时候林婉已经能和班上的同学说上话了。

所以,在没有我的日子里,你过得更好了。我不知道该为你开心还是为我难过。

林婉见余城没再说话,也自觉不开口。

看着还在操场上上体育课的初中生,余城突然就好想回到那个时候,和林婉一起,有两个人的小秘密,过着还算开心的生活。

"你有想过留下来吗?"走在软软的橡胶跑道上,林婉还能记起初中时候这里不过是一条普通的铺着石子的跑道,而她在这里摔了一跤,钻心地疼。

想过,可是不可能实现。就像林婉曾经试图反抗却无果一样,他不是神,也只是一个人,尤其是在小时候,世事并不能一切都按他的想法进行。

"但是现在,我能留下来吗?"余城就站在林婉面前不足一米的距离,问她这句迟到了十二年的话。

"现在,我可以留在你身边吗?"

他怕林婉装糊涂,还是说得直白些的好。他第一次登台,第一场演唱会,都没有现在紧张吧。

等了十二年的一句话,今天终于等到了,也许是当下的气氛太好,林婉竟然没有逃避。

"是啊,我是喜欢你,很喜欢,喜欢了十二年了。"林婉抬头正视余城的眼睛,在此之前她根本不敢,生怕自己沉沦进他的温柔,"但是我怎么跟你在一起?林婉,余城,分明是不可能连在一起的两个名字。你就是我心里的英雄啊,"她笑,"而我,我只是一个普通人。"

"婉婉,你……"

"你听我说完,"林婉打断他,"我其实一直在等,等自己变得更好,也等我变好之后,在我心里我能配得上你一点点,只要一点点。但是后来我发现,你怎么那么好呢?我根本追不上你,我以为我只要努力就总会追上你的脚步,总有那么一天的,但好像,好像永远没有那一天。"

说完,她转身就跑。余城站在原地没有动,只条件反射一样略微抬手,抓住她留下的一缕空气。

林婉心里,在关于余城的事情上,永远是自卑的。

可是她怎么就不懂呢?余城再好,也都栽在她的手里了,从以前到现在,从始至终,并且从一而终。

第八章
dibazhang

不在一起,不拥有,不白头,
怎么对得起这份喜欢?

一路跑回酒店还没有完全冷静下来的林婉,在床边静坐了将近一个小时之后终于回过点神来。

所以刚刚,她是拒绝了余城吗?林婉扶额,这不是这些年她梦里才会出现的情景吗?曾经的学校,曾经的两个人,曾经没有来得及说出口的话,一切原本刚刚好的啊!但是她都做了些什么?她拒绝了?因为她觉得自己配不上?

别人都已经送上门来了,她还在担心自己配不上?如果时间可以倒退,她肯定回去抽自己两巴掌让她清醒点。即使她知道最后的结果也还是会跟现在一样,但至少,可以稍微表达一下她的复杂心情。

那现在怎么办?她是跟着余城一起来的,现在两个人这么尴尬,她还要跟余城一起回去吗?

林婉再认真看了眼她的通告,明天晚上在上海有一场晚会录制,要她和余城一起参加。

这意味着他们今天就必须赶回上海,准备明天一早彩排,下午做造型,走红毯,晚上登台,结束还有采访。

也就是说这一系列活动,他们都要在一起。

然而他们现在关系非常尴尬,因为她拒绝了余城。

脑子终于正常一点的林婉试着给前台打了个电话,得知隔壁余城已经在半小时前退房离开后,她惊觉余城这是要跟她冷战?

想明白这一切之后,她实在有些头大,给酥酥发了个头大的表情包之后,整个人都瘫在了床上。

不一会儿,酥酥就回复她了。

"是婚礼不好玩还是余城不好玩?你还有空玩手机?"

"都不是!我和余城冷战了!很尴尬!"

酥酥接到消息,一个电话就打过来,还是直接电话说比较快。

"怎么,你又做什么妖了?你们不是美滋滋一起去参加班长婚礼吗?怎么冷战了?"

林婉详细给她讲了一遍她和余城今天的经过,酥酥都有些无语凝噎。

"你要我怎么说你呢林婉婉?"酥酥不是一般的痛心疾首,"人

家都做到那个地步,说到那个地步了,你还在矜持个什么?"

"我不是在矜持!"林婉也说不清,反正当时脑子一热就拒绝了,好像还说了一堆长篇大论的话,想想都佩服自己。

这酥酥就奇怪了:"你说你们吧,十几年前就暧昧,现在还在网上暧昧,敢情咱们这发达的互联网不是用来造福一方的,是专门用来给你俩玩暧昧的?"

"这都不是重点!"

"啊,那你说。"酥酥就等着听。

"我现在马上飞上海,你是不是也在那儿出差?来接我。"

三个小时后,酥酥开着车行驶在机场高速上:"林婉你说我是不是上辈子欠你的?在北京的时候就给你当司机,来出个差都还得给你当司机。"

而林婉正安心坐在副驾驶室,掏出手机给童姐报平安,确认明天的行程,头都没抬一下。

"谁让你是我最好的小仙女呢?"

酥酥可不吃林婉这一套:"我呸,你就是用得着我的时候嘴才这么甜。用不着我的时候,呵呵,直接被你扔在一边,生灰了都想不起我来。"

"哪能啊,小仙女是绝不会生灰的。"童姐告诉林婉明天早上八点开始彩排,也就是几乎从早八点到晚八点她都会跟余城在一起,林婉现在是真的很崩溃了。

"在你和余城开开心心回家的时候!你自己数数我给你发了多

少消息?你回过我哪怕一个标点符号?冷战了你就来找我了,本仙女也是会有脾气的好吗?"

那个时候啊?那时候林婉手机几乎都是关了机的,她自己都没怎么注意。

"我最好的小仙女不生气啦,你什么时候回北京?"林婉尝试着跟她转移话题。

果然,酥酥就是这么简单就被林婉套路了:"后天吧,看心情,明天那个晚会我也去。"

可是,活动方安排的是余城和林婉一起,估计是和酥酥碰不到面了。

两个人正商量着这几天刚好休假,要不多待几天在上海玩,这头林婉的手机不停在响。

酥酥疑惑:"你不接哦?"

接还是不接?林婉其实都能猜到对方想要说什么。

几番犹豫下,她还是接起了电话:"爸。"

听到这个称呼,酥酥赶忙把车里的音乐关了,空气瞬间都凝固了起来,她隐约能听到林婉电话里传来的声音。

"林婉,你眼里还有没有我这个爸爸?如果不是看到新闻,我跟你妈都不知道你回来了!你搞什么名堂?真以为你翅膀硬了啊?是谁把你养大的?你自己掰着指头数数你几年没回家,外面就这么好?当初怎么养了你这么个不知好歹的白眼狼,早知道这样,还不如……"

林婉把手机拿开些,电话那头还在骂,直到骂声停止,她才又凑近耳边上,语气十分平静地说:"我下个月会打钱给你的,我在忙,挂了。"

还没有等到对方回答,林婉抢在前面挂断了电话。

这样的父亲,她怎么会想要回去?

"好啦,咱们晚上就去好好做个SPA,明天美美地参加活动。我知道个地方,走走走,今天小仙女带你玩。"

见林婉没有反对,酥酥开着车直奔目的地而去。

"你怎么自己回来了?"李昱惊讶,不是说和林婉一起的吗?

余城没什么精神,瘫在沙发上,双手搭在沙发靠背,根本不理会李昱。

"你不是和林婉妹妹回你们小时候遇见的地方了吗?"李昱疑惑,怎么这么快就回来了?"不是应该趁着回忆涌上心头,趁着林婉妹妹被回忆冲昏头脑,好好发展一下吗?"

余城突然坐起来。

李昱吓得往后退了几步,差点一个不稳摔地上。

"哎,你去哪儿啊?"他刚稳住身形,余城已经站起从他身边走了过去,只听见远远传来余城的声音:"去没你的地方!"

这是吃火药了?李昱感觉到不对,跟着他走到阳台,靠在通往阳台的玻璃门上,望着眉头紧锁、烦躁抽烟的余城。

"怎么,被拒绝了?"李昱试探,见余城低头抽烟不说话,竟然真的被他猜中了?林婉真的把城哥拒绝了?震惊啊,李昱感觉如果他把这个消息爆料给媒体,一定是一则惊天大新闻了。

李昱一改之前吊儿郎当的模样,有些不知所措地站在原地:"这……这追女孩儿吧,很少有一次就成功了的对吧,你也不要灰心,这个……这个林婉妹妹,呃……"一时间,他也编不出什么词来安慰余城了,林婉会拒绝余城,这个事情也出乎了他的意料。

"要不你试试……欲擒故纵?"李昱见余城情绪低落,壮起胆子给他出起招来。

李昱对余城千叮咛万嘱咐,一定要绷住了,尤其是明天的活动,从早到晚,能不去看她就不看她,没镜头的时候就要保持距离,高冷一点。

这对于余城来说确实困难,李昱只好出言提醒他:"就像你对其他女生一样!"

余城若有所思,似乎是摸到了一点门路。

一大早,林婉素颜戴上墨镜,一身休闲装站在舞台旁边候场彩排,距离前一天导演组通知的时间还有半小时,只是她提前到了。

"婉婉,这么早就到了?"即使活动的导演年纪不算大,林婉还是得叫人家一声刘导。

"是啊,第一次登台唱歌,有些紧张。"

刘导表示能理解,第一次登台都这样:"你先在这儿等会儿,到你了我再来找你,彩排好了晚上就不紧张了。"临走前,导演还试图宽慰她,"反正还有余城在,你更是放一百个心。"

林婉很难过地才挤出一个微笑,刘导可能不会知道,她这么一句安慰的话，说得她更紧张了。

就现在她都能预料到，待会儿上台之后的状况，可能余城看她一眼，她估计都得漏拍或是忘词吧。想到这儿，林婉麻溜地拿出手机继续背歌词。站在她身后的小柳很想告诉她，就在舞台正前方有那么大一块提词器，婉婉你是看不见吗？想了想还是算了，让她找点事儿来缓解一下紧张总比傻站在这儿强。

就在轮到林婉他们的节目彩排前一分钟，才看到余城从旁边的侧门钻进来，压低的帽檐并不能完全遮挡他英气的眉眼，刚走进演播厅就吸引了现场大半女生的目光，一直跟随着他。

他并没有走到林婉这边来，而是直接站在候场处。现场导助来通知林婉，林婉才不情不愿，磨磨蹭蹭地往余城那边去。

"到时候你们就从这儿入场。"这是在直播节目里"完成夫妇"的首次合体，不只是场外的观众，在整个节目团队里都有不少人期待着，他们的彩排现场也是围满了人。导演组精心为他们设计了舞美的，只是需要他们记牢走位就行。

"然后走到这儿。"刘导拿卷起来的台本往地下指了指，一点一点把他们带着往舞台中心去，每一个停留的点都是有提示的，林婉也就稍稍安下心。

"最后你们的 ending（结尾）是在舞台中间，到时候你们就随意站定做一个稍微亲密一点的动作，会有舞美效果的你们不用担心。"这几乎是今天晚上晚会的收视爆点，在台本定稿的时候，这一个节目的效果定位就是全场最大手笔。

刘导向他们确认一遍还有没有问题，没问题就一个节目完全走一遍。余城不用说,这样的晚会节目他上得多了,林婉在脑子里重复一遍刚才的位置后,也向导演点点头,退回到之前说过的入场位置。

音乐响起,林婉几乎是跟着余城的脚步,从昏暗的舞台边,一起走进灯光照到的地方,跟着余城的节奏进前奏,顺着余城的眼神接歌词,甚至连最后的 ending 都是由余城带着她完成的。

音乐结束,原本拉着林婉的那只手没有多一秒的停留,甚至在第一时间冲上来告诉他们效果很棒的导演到他们面前之前,就已经松开,之后连一个眼神都不再分给林婉。

哦,对,他们是在冷战。

也许是刚刚的舞台效果太好,林婉差点忘了这个事情。

他们的彩排结束得很快,只一遍就过了,导演很满意。也就是说林婉现在只需要回去专心做造型,下午走红毯的时候才会跟余城见面了。

余城走过来,站在林婉面前,借着身高优势直接越过林婉,告诉小柳中午会跟童姐确定红毯时间,说完依旧是没有看林婉,伸手再将帽檐压得更低了些,侧身穿过周围的人群,很快就消失在门口。

现在不只是林婉,连小柳都看出些什么了。

"婉婉,城哥这是……你们闹矛盾了?"小柳试探着问。

林婉也把包里的墨镜翻出来戴上,强压下心头的烦闷:"谁知道他?"也不管小柳听不听得懂,离开了现场。

只是周围的那些吃瓜群众可不是省事儿的,把就这一会儿的情形发到网上,足够他们写一整天的段子和演一整天的内心戏了。

其中，余城的女友粉们欢天喜地："就说我们城哥看不上她吧，打脸来得太快，大快人心！"

而林婉的粉丝也不是好欺负的："抱走我家影后，咱们不约！"

只有一批忠实的 CP 粉们操碎了心："你们肯定只是吵架了对不对？余城你哄哄你媳妇啊！有这么个好看媳妇还不好好哄着，你是想单身了吗？"

从彩排完回去就一直折腾到出发去红毯，林婉被套上一条仙女裙，白纱上有粉色带闪的暗线刺绣做点缀，上身浅领露出她足以养金鱼的锁骨和笔直修长的天鹅颈，可以说是小仙女本人了。

只是林婉今天自穿上这件衣服就十分紧张，大步不敢迈，差点儿连手往哪里放都不知道了。她清晰地记得下午表妹送来这件衣服时候的表情，见过会吃人的女巫吗？林婉觉得她应该是见过了。

"童姐，咱们现在不是能拿到很多时尚品牌的合作吗？"在林婉拍过好些杂志之后，不少的时尚品牌都看上了她在镜头前面不俗的表现力，找到她们希望合作，"下次，下次有活动的时候，我们就不用路露的衣服了呗。"

林婉不知道，现在在童姐和小柳眼里，她就像一只向主人摇尾乞食的小狗，最多算得上是一只好看的狗，但也还是狗。

"不行！"童姐义正词严地拒绝了她，"短期内你是别想了，暂时国内品牌的衣服，路露工作室都是顶端的了，人家能拿自己最高端线上的成衣给你，你还想要怎样？"

林婉抗议失败，只能认命，有这样一个表妹也不知道是幸还是不幸。想起路露今天的表情，又想对待会儿的红毯打起十二万分的精神，可千万千万，不能出差错，人出错都没事儿，主要是衣服，衣服可千万不能有事儿。

林婉一脚迈出车门，侧着半个身子已经走出来了，刚站定就看见余城端端地站在她面前。和早上见到的余城不同，现在他一身简单的黑色西装、白衬衫。林婉低头看看自己的白裙，脑子里竟涌现出一个荒唐的念头，是不是戴上头纱，他们就是新郎新娘了？

一个寒噤将这个奇怪的想法从林婉脑子里甩了出去，没有哪个新郎会这样冷冰冰地对他的新娘的。即使余城面无表情站在她面前，她也必须上前去挽上他的手臂，和他一起面带微笑地走到红毯尽头。

这是工作！林婉心里不断暗示自己，这是工作啊林婉！所以你一定不要怕余城！你要笑啊！

嗯，对，就是这样。林婉挂上自己一贯招牌的笑，挽着余城走上红毯。

只有离余城最近的一家媒体，拍到了余城在林婉挽上他的一瞬间，低下头悄悄藏起来的一抹笑。

红毯走得有惊无险，只是之后的表演让林婉还是有些忐忑。早上的彩排几乎是对她没什么用的，因为她现在连早上发生过什么都不记得了，只记得余城被帽子遮住后只露出的小半张脸，极少露出的眼睛还是带着凶光的那种。

"你进来了吗？"酥酥在林婉之前就进来了，林婉和余城算是最后进来的艺人了。

林婉飞快地回复她:"进来了,好紧张。"

"没事儿,等会儿上去有余城呢。"

就是因为有余城才紧张啊。林婉偷瞄了一眼坐在旁边的余城,像是目不斜视地在观察舞台的样子,可是早上彩排不都看过了吗?有什么好研究的?

"好像余城也紧张。"

"你在逗我?"

坐在后排的苏一梨觉得自己可能有个傻闺蜜吧。

"真的,他目不转睛看着前面,都盯了好久了。"

林婉越来越确信自己的想法,余城也紧张了!

可能是思考了一会儿吧,酥酥回复:"也许,是前面有好看小姐姐?"

林婉一个激灵,往前看去,果然,前面坐了好多好看的小姐姐。她默默捏紧了手机,心里又翻来覆去骂了好几遍"男人都是大猪蹄子"才肯罢休。

坐在一旁认真回忆待会儿走位的余城,被自家搭档骂了好几遍还不知道发生了什么,只是觉得一旁的眼神更炽烈了些,他勉强就当是"欲擒故纵"有了一点效果了吧。

林婉最担心的是节目,可作为经纪人,童姐最担心的是节目之后的群访。她的艺人她还算了解,林婉这个口无遮拦的,不知道待会儿会说些什么,她也只能勉强安慰自己,林婉好歹算得上反应快,会接记者话吧。

在节目完美 ending 后，余城和林婉顺着通道一走向群访区，童姐就开始陷入焦灼中。

这一次，余城全程拉着林婉走过长长的通道，直到她坐在了采访区的座位上，才松开了手，林婉心里表示这一套操作她很满意。

两人向主持人点头后，记者们开始了他们的提问。

"请问余城。"

余城找到声音的来源，认真看着对方。

"我们知道你最近参加了一档综艺，第一次录制真人秀是什么感觉呢？"

算是一个常规问题了，余城回答得也是中规中矩："很开心啊，真人秀录制真的很辛苦，幕后的工作人员才是最辛苦的。"

这位记者还不打算放过余城："那你之前知道会遇到你的同学吗？"

我？是在说我吗？突然被点名，把林婉已经不知道飘到哪儿去了的思绪拉了回来。

"这个确实没有想到。"余城看了眼还在玩话筒的林婉，难得的一脸温柔，"我们真的已经整整十二年没见了。"

林婉心里也在想，我更是没想到会遇到你。

只听见余城继续在说："算是缘分未尽吧。"

耳边回想起昨天余城的告白，林婉的脸更红了些，把玩话筒的手不觉有些慌乱。

就在这时，有一位记者出声："请问林婉。"

"啊？"林婉抬起头，一脸茫然。

对面的记者哄然大笑,摄影师更是不断按下快门,拍下她呆萌的表情。

站在记者群旁边的童姐简直要崩溃,林婉才稍微反应过来她还在做采访,赶忙把话筒举起来:"对不起对不起啊,刚才……没反应过来。"脸上还挂着她坚强的微笑,用手把脸边上的碎发往耳后撩了撩,缓解一下她的尴尬和紧张。

那位记者继续说:"请问林婉,"林婉虽然歪着头,但还算是一本正经地望着他,"这次和老同学一起被大家组CP,会不会有一点尴尬呢?"

林婉是真的被这个问题逗笑了:"你都说是'被'组CP了,我们都是被动的啊,不存在什么尴尬不尴尬的问题。"

几番和记者斗智斗勇下来,林婉不知道是自己智商变高了,还是这群记者不够专业,总是问些没营养的问题,可能镜头外的网友们的问题都比他们精彩吧。

结束后,林婉走到正在直播的手机镜头前给场外的网友们比心,而一路跟在她背后给她牵裙摆的余城也被直播镜头记录下来,瞬间就看到弹幕画风都变了。

从刚才满屏幕的"ZZzz",到现在被"66666"霸屏,林婉只能从依稀的画面中看到背后的余城正在帮她理裙摆,凑得很近的那张大脸一下子红得跟个番茄一样。

"这个花絮比刚才的采访精彩多了!"

"这样的花絮给我来一打好吗?"

"我宣布这一届的娱记可以退休了。"

"嘀,吃糖打卡。"

见自己的举动被网友发现,余城也没有半分的慌张与不妥,向站在他前方的林婉弯腰伸手示意让她先走,再向场外的观众挥手示意后,跟在林婉身后离场,十足的绅士风度又获赞无数。

网上,余城的女友粉们不断打击CP粉,说这些只是城哥的绅士,就他们这些毒粉在自嗨。

车上,童姐也在一个劲数落林婉,一遇上点事儿就慌慌张张,半点艺人的样子都没有,哪里像人家余城,遇事沉着冷静,有条不紊地,那才是国民偶像的样子。

"是是是,他是国民偶像,我就是个暴发户,行了吧。"林婉把高跟鞋从脚上拿掉,换上她常备在车上的平底鞋,脚上一下子就舒服了许多。

这一刻,不可否认地说,林婉给自己的定位十分准确。

"暴发户,通知你个事儿呗。"

林婉立马坐得像个小学生似的,双脚并拢呈九十度,双手并拢放在大腿上。

"你后天有个跟余城的访谈节目。"

"哦!"这是很多天以前就记在林婉的日程表里了的!听见她这话,林婉觉得自己不愿意做一个乖乖听童姐讲话的小学生了。

"咳咳——"童姐见林婉不在意,清咳了两声。

怎料林婉不再吃她这套了,干脆地说:"有屁快放!"

什么女演员这么粗俗?但童姐还是决定不卖关子了,语速起码是平常说话的两倍:"所以明天刚好有空,我们去和吴桐导演签约,

拿剧本，试妆发。"

车上突然出现了两秒的安静，接着就是一声女高音一样的尖叫。童姐想，等以后林婉再红一点就可以换一辆隔音再好些的保姆车了，不然走在路上都会把旁边车道的朋友们吓着。

"真的？《云卿》？选上了？"车上狭小的空间不足够林婉施展，即使再激动也只能小幅度地表达，但是童姐和小柳都相信，林婉此刻心里已经在蹦迪了。

只是在试妆现场见到潘盼盼，是林婉没能搞明白的一件事。她坐在化妆台前向童姐递了个眼色，童姐只暗示她少说话，别管这些闲事，做好自己的事就行，压根儿不去管她的好奇心。

听现场的议论，林婉捕捉到一些让她觉得不可思议的信息，潘盼盼饰演的是女主角云清的妹妹，而这个角色是原先剧本里没有的，根据原本的云清姐姐这一角色做了适当的调整，而新加入的角色，并且，原本剧本中的云清姐姐一角也因为这一更改而被删除了。

那秦连语呢？之前还盛传她是云清姐姐这一角色的热门人选，怎么说消失就消失了？

她满满的好奇没得到满足，她所好奇的人已经走上前来了。

林婉正在做头饰，从镜子里看着潘盼盼走过来，她脸上也立马带上微笑。

"师姐。"潘盼盼甜甜地站在林婉旁边，又对童姐和化妆师打了个招呼，"师姐你真好看，我之前看你的电影，就觉得你肯定适合古装造型。"

的确，林婉披上长发，温婉大气的古典气质就从她的面相上蔓延开来,当然,前提是她不开口说话。

"谢谢啦。"林婉也打量着潘盼盼的造型,她只是女二,所以造型没有林婉的烦琐,"你的造型也很好看啊,很适合你。"林婉词穷了,实在想不出什么别的话来夸她。

可能是她在之前看过了"云清"从小到大的造型服装,不得不说太对她的胃口了。年幼时期清新大方,刚进宫门时候开始使用稍重一些的颜色,再是她成为一代传奇之后,服饰多为红黑相间,庄重而大气,并且这些衣物都有一个特点,就是腰身非常窄,符合云清善舞的特质。

所以再看潘盼盼这种清新可人、小家碧玉风格的造型,就未免觉得有些小家子气。

这是潘盼盼用尽方法才接到的角色,本以为好歹是个女二,结果没想到这是一部大女主戏,女二的戏份和平常电影里的女三女四都差不多,甚至还比不上。再看到已经坐在那儿做妆发接近一个小时的林婉,她暗自捏紧了拳头。

今天的试妆进行得很顺利,回家后童姐叮嘱林婉一定记得好好护肤,白天做了不少于五次妆容,明天还得录节目。

"知道了。"林婉向童姐眨眨眼,飞快地跑回了楼上,刚打开家门,又接到童姐的电话。

"童女士!"林婉把包往沙发上一扔,两只脚麻溜地蹬下鞋子,赤脚走进屋子,"您还有什么吩咐,一次说完行吗?"

"你打开邮箱接一下剧本。"

剧本?剧本不是白天已经发了吗?她都已经打印好了的。心里

虽这么想，但林婉手上还是照做了，翻开电脑登录邮箱，看到一封标题为"《云卿》剧本（2）"的邮件，正躺在她的邮箱顶端。

"怎么，又改剧本了？"

童姐的语气听不出什么喜怒："嗯，你自己看吧，我先挂了。"

听她这话，反正不像是什么好事儿。林婉下载下来，双脚盘坐在沙发上，把电脑抱在怀里，她发现……女二的戏份……是变多了吧？如果她没记错的话。

正纳闷，手机"叮"的一声，林婉收到童姐的微信："少招惹潘盼盼，以新剧本为准。"

"唉，有靠山可真好啊！"

即使已经是第二天，站在冷空气聚集的访谈现场，林婉心里也还是有些丧，提不起什么精神。

李昱用手肘撞了撞余城，用眼神问他这是什么情况。余城也不清楚，只是他周身的空气更冰冷了些，李昱也不敢再问，余城好像真的生气了。

上台前，林婉和余城都在各自对台本，一些事先给出的问题还是要在心里稍微组织一下答案的，尤其像林婉这种一到现场就彻底放飞自我的，人家节目组也怕她把自家节目给糟蹋了。

林婉看着台本上写着可能会聊到她出道五年，在上个月之前都还只是个小透明的这个话题，心里暗叹，果然，访谈节目都是给人灌鸡汤的。

她心下好奇余城的台本会是什么，好死不死地转过身去，话还没问出口，余城站起身来，大步走出了化妆间。

"什么人嘛，这么小气。"林婉嘟嘟囔囔的。这已经是他们冷战的第二天，严格说来是第三天了，余城还是这副冷面孔。

走出化妆间，外面的景象还是十分有趣的。

两天几乎没给过林婉好脸色的余城，正被一群现场工作人员中的迷妹围住，签名也好，拍照也行，都照单全收，脸上还挂着灿烂的笑。林婉已经两天没见着他这么笑过了，在她心里，现在人群中的余城就像是一只正在开屏的孔雀，花枝招展地在人群中招蜂引蝶。

冷哼一声，林婉越过他们，直奔着录影棚去。

这股闷气，使得两位嘉宾在录制时，坐在录影棚中间沙发的两个极端上，人家别的嘉宾都是紧挨在一起，坐这么开的，还是头一遭。

现场导演通过耳麦向主持人疯狂提示，让她和男女嘉宾沟通，这样拍出来的画面根本没法用。可是她看着对面冷着脸的两位，实在不知道怎么开这个口。

最后，还是余城让了步，向林婉那边稍微移了移，画面一下子就协调了许多，节目才得以顺利开始录制。

林婉看着女主持看向余城的崇拜又感激的眼神就浑身硌硬得慌，连带着在节目中也没什么好脸色。

"你是说之前没什么人气这事儿？"林婉按她的理解重复了一遍女主持的话，面上只带着浅浅的笑，"生活……是有很难坚持的时候，但坚持自己喜欢的事情总没错吧？"

这话说得，反倒是说提问她的主持人只在意人气了。

"喜欢做的事？是指拍戏？还是当明星？"眼看着这个主持人

也不是善茬。

林婉嗤笑:"当然是做演员了,你见过谁当明星当成我当初那样,还能拍拍胸脯,说她能在其中体会到当明星的乐趣?"

主持人哑然,没法只得抛出她的撒手锏:"那你感谢余城吗?带着你一起上了那么多回热搜。"

这个问题就有些要搞事情的意思了,林婉却迎头赶上,稳稳接住她这个话题:"感谢啊,当然感谢了。"

只是,这就没了?对面的主持人差点儿受不了都要喊暂停了,她就没遇到过这么难聊的嘉宾。之后她的聊天对象差不多就都只是余城,她可能目前是不想要看到林婉再开口说话了。

"那你觉得,初恋应该是什么样子的呢?"

不知为何,他们还能扯到这个问题上来,林婉在一旁听着也有些佩服。

"不知道,反正,我的初恋……"余城拖长尾音,似乎是在思考。

现场所有的工作人员听到他这话,全都起十二万分的精神,余城竟然要自爆!还是在他们节目里!现场在观众席的粉丝们都开始发出躁动不安的声音。

"我不知道你们在还是年少懵懂的时候,有没有遇到过这样的人,"余城陷入自己的回忆,"没有什么惊天动地的事情,也没有鸡汤里说的那些看到她就岁月静好现世安稳的。"

现场发出一阵笑声,很多人在那个为赋新词强说愁的年纪,都爱过这样一些看上去很舒服却不解其意的句子吧。

"就是很简单很纯粹的,你会因为那天的空气,那天的河流,那天的风,就喜欢上那天的她。后来你再问自己为什么会喜欢她的时候,你依然会记得那天的一切,以及梦里的她。"现场难得安静,他的声音静静的,"可能这就是初恋吧。"

现场的气氛逐渐回温,一些粉丝在台下不断喊着"余城加油""城哥加油",似乎是感受到了此时余城的愁闷。

"所以余城,你算是有些初恋情结的喽?"

"算吗?我不知道你说的初恋情结是指什么,"余城是真的不知道,"我只是觉得,既然喜欢一个人就大胆一些,既然喜欢了,不在一起,不拥有,不白头,怎么对得起这份喜欢?"

第九章
dijiuzhang

"很想你。"
"我也是。"

突然在节目中被再次告白,说不感动肯定是假的,但现在的林婉的确一动都不敢动,乖乖坐在余城旁边,还得面带微笑,装出一副"他在说什么,我好震惊"的样子。即便是戏精林婉,此刻也演得十分难受。

录制结束,原本应该是回到化妆间卸妆的林婉,没有理会跟在身后的童姐和小柳,独自往外面走去。直到她回到车上,正要关上车门,一双手及时挡住了她。

"余城?"

他怎么过来了？

只见他三步并作两步，很快在林婉旁边坐下来。林婉公司配给她的车，第二排正好是两个位置。

"嗯。"坐好之后，余城才应下她的话。

最怕空气突然安静，而他们两人之间的空气，已经安静很久了。

最先憋不住的果然是林婉。轻咳一声，已经在脑子里打过无数遍草稿的林婉好像还是说了傻话："你之后没有工作了吗？"

呸，她在心里都忍不住骂自己，你这不废话，都已经录完了。

余城终于不再是那张扑克脸："嗯，等会儿就回上海了，我是来找你的。"他认真地望着她。

林婉觉得现在更尴尬了。

她现在是需要说点什么吗？还是就听余城讲就是了？怎么办怎么办？她把头埋得更深了些，心里默念，别看我别看我，好害羞啊你别看我。

"你别想太多，我又不吃人。"林婉头越埋越低，一旁的余城看着有些哭笑不得。

可是，你一靠近我就紧张啊，虽然我也不是觉得你会吃人。好吧，她也不知道她自己现在到底在想些什么，从录节目开始就一团乱，现在她心里更是乱七八糟了。

"你别慌，听我说就是。"余城似乎什么时候都能看穿林婉的心思，出言安抚她。

林婉也算是平静了些，点点头，听他说话。

"我们认识，十三年了吧。"

不用掰指头算,好像两只手的手指加起来也算不清,但林婉记得很清楚,是十三年了。

"嗯。"她的声音略有些沙哑,也许是因为紧张吧。

"我就喜欢了你十三年。"

嗯?林婉没出声,只是望着余城的眼神充满疑惑。

"别这样看着我。"余城也会害羞,尤其是面对他喜欢了这么久的女孩儿。

被林婉的眼神盯得往后坐了坐,余城继续说:"是十三年,就是我叫住你,问你手机号的时候。"

不是头一回被人表白,但一定是头一回这么紧张和害羞。如果有个地洞,林婉现在一定会选择钻进去,毫不犹豫。可惜现在并没有,她只能羞得脸通红,还要强装镇定地坐在一旁,听他说话。

"后来不打招呼就走,是我的不对,我还以为……"

"以为是我说出去的,对吗?"这也是林婉这些年的心结,她更想当面解释给余城听,"不是我,我连酥酥都没说过。"

其实没多久余城就想明白了,不可能会是林婉,当时她只有苏一梨一个朋友,根本不可能说给谁听,只是小小少年的自尊心和骄傲冲昏了他。

"嗯,是我的错,不是你。"他揉揉她的头发,已经录完节目了,揉一揉,应该没问题吧。

"所以,你不用担心我对你是不是真心的,这个问题,时间已经帮你检验过了。你也不要总是觉得自己不够好,在我眼里、心里都只有你,一个我十多年从未有一天忘记过的女孩儿,你凭什么说她不好?"

"傻姑娘。"一通告白,余城伸手轻易把林婉搂进怀里。

林婉紧紧地回抱住他。

这一个迟到太久的拥抱,让他们两人都再也不想放手。

"你还要离开吗?"林婉说话带着鼻音,瓮声瓮气的,听起来有些闷闷的。

余城微微低下头,凑到林婉耳边,沉下声音温柔地说:"不了,不走了。"

"余城。"隔了许久,林婉的声音从余城怀里传出来。

余城轻轻应了声,听她声音轻轻巧巧地继续说着:"就像你今天说的,那些鸡汤真的没用,我看了听了十二年,还是没能放下你。"

回去的车上大家都一言不发,林婉看上去好像还很平静,虽然她现在真的很平静。妆容已经被她哭花,头发也是一团糟,但余城在下车时帮她稍微捋了捋,稍微还是能看得过去,只是她双目无神,彻底放空了自己。小柳陪着她回家,亲眼看她躺在床上才敢离开。

莫不是谈个恋爱,人都傻了吧?

躺在床上,林婉并没有睡着,瞪着她的一双大眼睛眨巴眨巴的,她真的和余城在一起了?想起刚才余城怀抱的真实,她不禁抱紧了被子,那股切切实实的存在感和梦里的都不一样。

这副模样的林婉肯定不知道,今天节目现场的一段小视频已经在网上疯狂传开。虽然她不是中心人物,但这浑水还是浇了些在她身上,也许还不只是一些。

讲道理，这段余城跟初恋告白的视频，完全看不出来和林婉有一丝一毫的关系。然而各路网友就凭借视频里坐在一旁的林婉，脑洞大开，硬说余城是以此来撇清和林婉的关系，嘲讽林婉不要和自己强组CP。

"扪心自问，我们家粉丝从来没说过不要城哥谈恋爱，但是谈恋爱得分人啊，这种拿我城哥博眼球的女的绝对不行。"

"对！我们粉丝群里日常催城哥相亲，但就是不喜欢林婉。"

"不说话，我城哥已经打脸隔壁影后。"

"真不知道你们在自嗨些什么，一会儿不反对一会儿这个不行那个不行，就你们行，你们和余城谈恋爱行了吧。"

"你家粉丝真可怕，心疼林婉妹妹。"李昱好像还没弄明白，现在粉丝和林婉，都是余城家的。

"城哥好深情啊，学生时代欠我一个余城！"

"想回去找我初恋了！可是想想他又没有城哥帅，算了继续舔屏城哥！"

"余城，你这个国民初恋的人设，我看是就快立起来了，厉害厉害。"没有经过任何宣传营销，就这样自动立起来了一个人设，只能说余城自身带的网络流量实在太大了。

但是现在对林婉的网络攻击，是不是有些夸张了？余城终于开始正视这个问题。以前他总想着林婉不管怎么说，也是在娱乐圈摸爬滚打五年的人了，自己能打住一些攻击。可是现在他真正把她抱在怀里了，竟然一丝一毫的风吹雨打都不愿意让她再经受。

"我和婉婉的事情，我没打算瞒多久。"

"嗯？"李昱回头，就是要公开的意思？但他相信林婉不会这么想。

"你和林婉，都是这个意思？"

余城理所当然地说："你忘了她自己说的，我的意思就是她的意思。"

已经进入梦乡的林婉打了个喷嚏，翻身继续沉沉地睡着了。

确定关系后的他们并没有和之前有什么不同，各自都在忙各自的工作，大多数时候都是微信在联系，和一般的异地小情侣没什么两样，根本看不出来他们是彼此思念了那么多年的初恋。

"你说你这样谈恋爱有什么意思？"今天林婉给酥酥的淘宝店做一期模特，在外面和酥酥一起拍照。

"怎么没意思了？非得要每天腻在一起才有意思？"酥酥这期的衣服感觉还不错，林婉已经挑了好几件决定待会儿一起打包带走。

"不是这个意思！"酥酥站在林婉面前，一把抓过她还在往身上比对的衣服，"你们这样，算是谈恋爱吗？"

林婉夺回她刚才拿着的衣服，示意酥酥等下这件也归自己了："哪里不算了？我们挺好的呀。"

"你们几天没见面了？"

林婉掰着指头数了下："没多久，四天吧。"

"你知道他在干吗吗？"

知道啊，余城最近在练歌，还有巡回演唱会的事儿，忙得很。

"他都来北京几趟了？你们连面都不见？"

这个问题林婉就觉得搞笑了："苏网红！人家来这儿转机的！你看到的那些照片都是粉丝在候机室蹲守着拍到的！'私生饭'了解一下？"

所以这就是和大明星谈恋爱的悲哀，酥酥同情地看着还乐在其中的林婉。

其实余城可好了，可好可好了，每天就算再忙都会跟她汇报行程，会抽空跟她说话，等明天，明天他们录制最后一期《当我成为你》，他们就见面了。想到这儿，拍照的时候，林婉整个人都甜甜的，拍起照来跟酥酥这一期上新主题很贴合。

结束一天的拍摄，林婉眼睛都快闭上了，好不容易摸索着把钥匙对上门孔，打开门却发现屋子里灯火通明。

她满身的瞌睡虫都被吓醒了，站在门口不知所措。

是进贼了吗？

现在是要跑吗？

还是进去捉赃？

可是我应该打不过吧？为了安全所以还是先溜了？

要报警吗？

余城要是在就好了，要不给余城打个电话？

短短几秒钟，林婉脑子里就已经上演了一整出大戏了。

"你不进来站在门口干吗呢？"

嗯？这是……

余城从客厅探出头来。

余城怎么会在这儿?

林婉愣愣地换鞋进门,脑子完全没反应,可能是刚才运转太快现在需要休息?

"你怎么进来的?"林婉紧挨着余城坐下,还是没有反应过来现在这是什么情况。

余城现在不是应该在练歌吗?不是说明天一早才到北京吗?现在这是什么情况?他不只是到了北京,还到了她家里?这一路上,还没见有粉丝爆料余城行踪?每天都要搜索余城八百次的她,对余城行程的了解绝对不仅限于余城发来的行程表通告单。

"提前一天过来了,没跟你说想给你个惊喜,看样子,成了惊吓了?"

林婉刚才愣在门口面色苍白的样子,他看得出来她实在被吓得不轻。

"我是说,你怎么进来的?"

"苏一梨给我的钥匙。"余城坦白,"我是来给你送东西的。"

林婉这才看到面前茶几上放了两个盒子。一个是她之前见到过的,是余城奶奶给小时候的林婉做的旗袍,另一盒的包装却是之前没见过的。

"打开看看?"

林婉打开盒子,艺涵旗袍?

白底的布料,细看还有些许灰色的走线,几处点缀着淡黄色的绣花,简单素净,一反艺涵旗袍以往的风格。

"你那天走得急,你走之后艺涵旗袍的老师傅说,你不适合他们原本的风格,要为你破次例,尝试一下别的风格。"说罢,他展开旗袍,"为了不显呆板,这个底色布料上的走线很多,布料精致所以再加工绣面就会很考究,是费了心思的。"

林婉越听他说越喜欢,之前的惊吓早就抛到九霄云外去了,迫不及待想去试试。

换好旗袍,她走出来:"好看吗?"

余城向林婉招手,示意她走近些。林婉以为他看不太清楚,满心欢喜地走上前去,却被他一把抱住,跌进怀里。

"好看。"余城在林婉耳边轻声说道,只见她耳根到脖子霎时通红一片。

"明天我们一起去现场好不好?"余城询问。

一起去?那不就大家都知道了吗?

"这样不好吧。"林婉拒绝,会不会太快了些?

"婉婉,明天节目就收官了。"余城认真说,"我希望可以有一个有意义的结尾,比如,我们公开。"

这档节目对于两人的意义自然是不用多说,如果没有这个节目,两人共同身处在这个娱乐圈里,一个国民偶像,一个透明影后,没有半点交集。

"太快了,余城。"至少得等她《云卿》剧组官宣吧,让她用作品出现在大家面前被大家记住,而不是余城女朋友的角色。

"我们先悄悄地好不好?"林婉调皮地用双手在余城脸上轻捏着,"好不好呀?"

余城无奈:"虽然我真的很想全世界都知道,你终于是我的了……"

次日,他们俩一前一后到的现场,最后一期将要集合他们所有的常驻嘉宾共同录制。和第一期录制一样,他们所有的常驻嘉宾都在,但是气氛和第一期时候完全不同了。秦连语站在离大伙更远些的一侧,几乎找不到存在感,反倒是潘盼盼在大家面前活跃些,全然不是几个月前那个被人欺负的模样。

林婉想起昨天余城离开前——

"那我先走了?"

林婉回了回神:"那我看会儿剧本。"

余城看见封面上写着"云卿"二字,也就不过多询问:"签了吗?什么时候进组?"

"签了,大概录完节目就要开机了。"

这么着急?

"那演唱会你还来吗?"

其实林婉早就看过了,余城演唱会首站的时间刚好是她开机前一天。

"肯定啊,第二天开机。"

"要是……你被人认出来了怎么办?"余城看着窗外的景色,如果可以牵着她的手一起慢慢走回家,那多好。

讲真的,林婉压根儿没想过这个问题。

一阵沉默后,余城率先开口:"那就承认了,我们公开吧。"

今晚似乎是绕不过这个话题了,不过那时候也差不多,《云卿》也开机了。她说:"好啊!到时候,我们就公开!全世界都会知道,我拐了一个男神回家!"

最后一期,节目组给出的主题是有些不一样,他们今天要体验的正是节目工作人员的一天。刘老师和杨林西是策划组,秦连语和潘盼盼是导演组,余城和林婉是摄像组,他们要在街上找六位路人来参与他们的节目录制。

"那咱们这样,还是要先做个分工。"接到任务,余城首先拍板,"我和婉婉负责摄像,以及去找嘉宾。咱们约个时间,我们准时把嘉宾带到相应地点,刘老师和林西,你们做好每个环节的策划,秦老师和盼盼,你们负责按照策划布场,这样行吗?"

"那我们,去哪儿找嘉宾?"林婉还以为她只需要抱着摄像机,只顾拍就行。

"前期没我们什么事儿,我们随便去街上找几个嘉宾就行。"

靠脸找吗?就六个?按余城的人气,可能一天能找无数个六个吧。

"婉婉,余老师。"果然,随身导演就是随时出现来Gank嘉宾的,"这是你们需要找的嘉宾应该满足的条件。"

什么?还有条件?林婉和余城站在街上大眼瞪小眼的,打开任务卡。

上面赫然写着:找到三位男生三位女生,并满足以下条件……

林婉看着那么多字就头疼。这么多期节目录下来,林婉已经习惯了遇上问题就找余城,现在也不例外。

"别看着我,"余城一时也没想到办法,"先到处走走吧。"

"哦。"反正不管他说什么,林婉都跟着他。

两个人就随意地并肩走在街上,身后跟着一大群摄像师和各类工作人员,而他们就像没事儿人一样悠闲地走着,也不爱说话,只时不时会对视几眼,却意外地散发出甜甜的气息。看人走路都能看出恋爱的感觉?摄像师揉揉眼睛,感叹自己可能是单身太久产生幻觉了吧。

看到随身导演在摄像师背后举起的牌子,林婉打破平静,绞尽脑汁想着话聊:"咱们想个办法吧。"

导演在 iPad 上滚动着"说话",余城也看到了,办法其实他也想到了。

"找一些路人来做游戏,从中筛选吧。"

做游戏?林婉木然地看着导演把屏幕滚动的字换成了"可以",还是不太了解。

最后在导演组的帮助下,他们的任务总算不再是就在街上闲逛,开始有了些进展。

游戏进行得十分顺利,凭借余城和林婉的人气,现场很多报名参加的,一时间他们差点儿引起交通堵塞。

"你先去旁边,我自己看着这儿。"余城拍拍林婉的肩,"快去。"

直到林婉走到休息处,小柳才发现她整张脸都是煞白的,赶忙递上热水,扶她到旁边去歇着。

"婉婉怎么了?"最先过来的是导演,毕竟嘉宾如果身体有出

现不适,节目组也是要负责任的。

　　林婉向导演摆摆手:"没事儿,就是累着了,我歇会儿就过去。"

　　导演还是不大放心,周围也有些粉丝围了上来,林婉勉强冲大家笑,力证她其实真的没什么大问题:"真没事,我现在都好多了,就坐会儿就行。"

　　周围的粉丝有的还是听说他们在这儿录节目特意赶过来的,立刻把自己带过来的一大盒削好皮的橙子塞到小柳手里,不断地嘱咐她:"你快拿给婉婉吃点儿吧。"

　　小柳把粉丝递上来的橙子拿给林婉的时候,即使再疲惫,林婉心里都泛起一阵甜意,为什么会有这么可爱的人呢?有粉丝真的是太幸福了。

　　中间休息的时候,余城终于有空凑过来。

　　"怎么还是这个毛病?这么多年你拍戏怎么熬过来的?"

　　看着余城皱眉头,林婉忍不住伸手为他展眉:"拍戏没有这么吵的。"见余城蹲下来,林婉收回手,"你不信以后可以自己去看。"

　　"嗯,放心,以后就多的是机会,会去的。"余城摸摸她额头,感觉没有很烫,刚刚录节目都一直提着的心终于放下来一些,"这阵忙完去做个检查,怎么都长这么大了,这累不得吵不得的毛病还不好。"

　　林婉嘴角上扬:"是啊,我公主病!"

　　余城环顾四周,见没人注意他们,双手轻轻捏住林婉的脸:"那也是我的小公主。"说罢起身向导演走去,偶尔还伸手示意林婉的方向。林婉还沉浸在他刚刚那句话里,只痴痴地望着他的背影。

　　"别看啦,怎么看也是你的了!"

嗯？林婉惊地站起来，酥酥怎么来了？

"刚刚有人说你快累死了，让我过来凑个数，好让你这任务早点儿过去。"

酥酥这么一说林婉脸更红了些。

"哟，又脸红了，林婉婉你要气死谁呢？"酥酥虽然嘴上这么说，但还是把林婉扶着坐下，只是顺手顺走了她一瓣橙子吃。

"你是来当素人嘉宾的？"

酥酥还在吃，林婉好不容易才从她嘴边抢下最后一瓣，这可是她粉丝送来的温暖！

"是啊，最后我们演个偶遇，我就是你最后一个素人嘉宾了。"

"你在这儿附近？还是专门过来的？"

酥酥住的地方离这儿还是有段距离的，讲道理她们昨天才拍完上新照，今天也应该是认真工作的一天啊。

酥酥白了林婉一眼："还不是你那个余城。"

林婉听见身边的人把她和余城连在一起讲，心里还是有一些小激动。

"收起你的花痴脸吧。"酥酥有些嫌弃她了，"他不知道哪儿找到我电话，说什么再不过来你就要死了。我当时就不该心疼你，急急忙忙赶过来就是被你们喂狗粮的。"

想起刚到的时候林婉那副眼睛都要黏在余城身上的小媳妇样子，酥酥连心窝子里都在起鸡皮疙瘩。

幸亏林婉是科班出身的演员，把一套偶遇演得是生动自然天衣无缝，镜头外余城悄悄给她竖起大拇指。

有了酥酥,节目录制更加顺利了些,大概是最重要的两个人都在身边的原因,一期节目录下来没有再出什么乱子。

节目组打板结束已经是晚上了,在杨林西的依依不舍中,余城借口林婉身体不适,带着林婉和酥酥先行离开。

"咱们去吃小龙虾吧!"结束工作后,林婉兴致勃勃,"烧烤也行啊。"

酥酥白了她一眼:"我是翘班出来的!不赶着回去我怕是不想活了。"

"有什么关系,你自己就是老板啊。"林婉不以为然,非要留她下来,还在继续考虑吃什么,"我家小区附近有家烧烤摊就不错,我们去那儿吧。"

"算了,算了。"酥酥摆手,"余城你送我去工作室就行,我真要工作啊,不然怎么养活我的谢医生呢?"

余城最后还是把酥酥送回工作室,车上就只剩下了他和林婉两个人,林婉突然就不吵不闹了,气氛变得有些尴尬。

"还要去吃东西吗?"余城侧目,问坐在副驾驶位的林婉。

林婉被他看得有些尴尬,原本酥酥还在的时候都没有这种感觉,现在竟然有些无所适从,手脚都不知道往哪儿放了。

"算……算了吧……"林婉结结巴巴的,"就……就我们两个,还是回去了吧。"

余城听她说这话一点都不意外,还是那个虚张声势的纸老虎林婉,一点都没变。他摸摸她的头,她又是一阵脸红,直到余城送她到了小区里面,脸也还是热热的。

"嗯……我到了。"走完这一段到林婉家楼下的小路，站在单元楼外，林婉抬头看余城，眼角瞥见天空有很多星星，看来明天又是一个大晴天。

"你明天有安排吗？"跟自己面对面站着的真的是朝思暮想了好久的那个女孩儿，即使是余城也显得有些局促不安。

林婉歪头想了想："没有。"

如果看剧本不算的话，应该是没有了，直到电影开机，这一整段时间她都是空闲的。

"那来上海吧。"余城只是轻描淡写。

"哦。"林婉也淡淡的，突然发现不对，"嗯？"去哪儿？

余城笑笑，抱住有些惊讶的林婉，温柔的声音就在她耳边："怎么，不想跟我一起？"

如果不是可以把脸埋进余城怀里，可能余城又会见到第无数次林婉脸红了。

"一起走吧，舍不得放你上去。"

总之，等林婉感觉脸上没那么烫的时候，已经是在机场余城嘱咐她要跟进他走 VIP 通道的时候了。

怎么，就被他骗来上海了呢？林婉脑子里的小人儿也很疑惑，竟然这么容易就被拐走了？林婉你怎么这么不矜持呢？不矜持的话余城可能就没那么喜欢你了！林婉懊恼地敲了下脑袋，真是个猪脑袋！

刚才还走在前面的余城不知道什么时候在前面等着她，看到这一幕后一把伸手拉住林婉："干吗呢，谁让你打我女朋友了？嗯？"

说完拉着她继续往前走,脸上却是一脸的笑意。终于把作为女朋友的林婉带回来了,这是他那年转学回来之后,每一次回上海时候的梦想,要把她,一起带回来。

即使是大晚上了,余城工作室还是灯火通明。

余城把林婉带到二楼一个房间里,打开灯,林婉发现这里俨然是余城平时住的地方。

"我今天应该是通宵都要去排练,你累了就在这儿休息。"余城把一张小小的简易书桌上的杂物都一把撂到旁边去,"这里可以看看剧本,其他的……"余城环顾四周,最后目光落在林婉身上,轻轻搂住她的腰,"随意检查。"

"好啊,"林婉大胆地抬头看着他,"我申请跟你一起去排练。"

余城愣住,没想到她会这样说。

"我就要去!不许还嘴!"对余城这么多年工作地方的好奇让林婉壮起胆子。

余城猛地凑到她面前,一手托住她后脑勺,含住上一秒还在叭叭叭的小嘴。直到林婉感觉有些缺氧,脸颊憋得通红,余城才放开了她。

"我偏要还嘴。"

一句话说得林婉脸红心跳。

"今天太晚了,明天睡醒了来找我,乖,我就在楼下。"

说完,他在林婉额头上落下一个吻,为她把门带上,转身下楼了。

许久之后,林婉才回过神来。

这就是带我来上海?就把我丢在房间里?林婉一边碎碎念,一边好奇地打量着这个房间,只有简单的布置,没有非常凌乱的摆设或衣物,只桌上摆着余城喜欢的海贼王手办。她记得以前他就很喜欢《海贼王》,还真是个念旧的人。整个房间都是余城身上干净的味道,林婉小心地躺下,床软软的,心里却是十分满足。

下楼走进排练室,余城乐队的鼓手曲溯指了指楼上:"怎么不带下来一起?"

贝斯手谢律是一个面容清秀的小哥哥,算是他们里面除了余城之外最好看的了,现在他算得上是整个房间最紧张的一位了。

"城哥!"他还不住往门口张望,"我女神什么时候下来?"简直恨不得把脖子抻到门外去。

余城走到话筒前面,调了调麦克风支架的位置,语气淡淡:"还没到时候。"

本来坐在一旁打瞌睡的李昱听他这话就有些莫名其妙了:"还没到时候?都十几年了,什么时候才是时候?入土的时候?"

离李昱最近的,是乐队里年龄最小的弟弟尚然,他拎起面前的谱子就往李昱砸过去:"说什么呢!你们这些人怎么这么蠢呢?城哥为什么不把嫂子带下来不是很明显的吗?"

整个排练室的人都看着他,他清了清嗓子不卖关子了:"城哥累了一天了现在嗓子状态不好,怎么能让嫂子听见?"

于是,他的城哥用一整晚向他证明了到底谁的嗓子不好,天快亮的时候,快说不出话来的尚然觉得他应该是猜错原因了。

一大早,林婉打开房门,整个工作室一片安静,让她有些摸不着头脑。

顺着楼梯走下去，余城果然躺在沙发上睡着了。看着一个一米八五的大小伙子委屈地蜷在跟他身板不合的沙发上，想想晚上是自己霸占了人家的床，她就觉得良心还是有点痛。又一时不知道该不该叫醒他去床上睡，她就这样盯着余城睡着的脸入了神，怎么会有人睡着了都这么好看呢？

躺在沙发上的人不知道是不是感受到了林婉的目光，皱皱眉睁开眼睛，映入眼帘的就是林婉愣住的大脸。林婉没想到余城就醒了，见他睁开眼，立马退后了些。只是余城还迷迷糊糊的："婉婉……"

林婉又凑上来，仔细听他说些什么："好想你……"

林婉噌地羞红了脸："哪儿来的流氓，醒了还不快起来。"

余城慢慢坐起来，把林婉揽在身边坐下，疲惫地把头靠在她肩上："真的想你。"

"好好好，知道啦，我也想你啊。"每一天都在想你，"上楼去睡吧。"

扶着他上楼后，林婉拉上窗帘，蹑手蹑脚地回到书桌前打开台灯，不敢开得太亮怕影响余城睡觉，只借着微弱的灯光开始看剧本。

昏昏欲睡之际感觉有人从背后抱住了她，本就困意十足的林婉就着温暖的怀抱陷得更深了些。

"醒了？"许久没说话，嗓子也有些许哑了。

"嗯。"头顶传来余城的声音，林婉能感受到他说话时候喉咙处的震动。真好，他是真真切切地在我身边。想到这儿，林婉转回身子伸手抱住他，又把头埋进他怀里去。

感受到林婉的拥抱，余城猛地把她抱起来。

林婉惊讶："你干吗？"

余城抱起林婉躺回到床上："你自己送上门来的，"说着把她往自己身边搂紧了，声音越来越小，"再陪我睡会儿。"

等他们俩再醒来的时候已经是下午了。下楼的时候，林婉还止不住埋怨着余城，都怪他拉着自己睡觉，剧本都还没看完。

一下楼，便见一众人都用或恭敬或震惊的眼神看着她。尤其是昨天才被城哥收拾得明明白白的尚然，嫂子……果然就是嫂子！

"嫂子好！"

"林婉妹妹啊！"

在乐队其他人七嘴八舌的"嫂子"里，李昱的一声"林婉妹妹"就显得十分突兀，余城随手抄起沙发上摆着的沙发垫就朝他扔过去。

一边点头回应他们，一边不安地在余城身边坐下的林婉此时更加后悔睡到现在才起来，这下要别人怎么想？

"你们好！"林婉也正正式式地回应他们。

如果不是李昱和曲溯拉着，可能现在谢律已经冲到林婉面前来了："女神！女神好！"

林婉还是看见了在对她挥舞手臂的谢律，只是动作怪怪的，大概是因为被李昱和曲溯各自拽着他一只手脚吧。

这样见"亲友"的场面，林婉还真没经历过，求助地看向余城。

"那是我们乐队的贝斯手谢律，你的小迷弟。"余城向林婉解释，"拉着他的是曲溯，还有一个你见过的，这个小不点叫尚然。"

——介绍之后,林婉感觉自己要分清楚谁是谁还是得费点劲儿的。

"你们嫂子脑子不好,认人有点问题,你们多担待点儿,要是把你们认错了,你们也就当不知道,都是爷们儿别磨磨叽叽的,多让着点她。"

"余城,你说谁脑子不好?"听他这话怎么这么别扭呢?林婉差点儿没跳到他脑门上去跟他闹了。

"知道了!"

听见其他人齐刷刷地答应,林婉心里一阵寒战,这群人是被余城压迫成什么样了?怎么什么都答应呢?一瞬间,林婉还怀疑过她是不是被带到什么传销洗脑组织了。

总之,等林婉把工作室这些人的脸和名字能够准确无误地一一对上号的时候,已经是快一个星期过去的余城巡回演唱会首站的当天了。

第十章
dishizhang

有事做，有人爱，有期待。

知道林婉要去余城演唱会首站之后，童姐表示十分担心，在演唱会开始前几个小时还在打电话来确认。

"林婉你要想清楚，真的要去？"这已经是童姐第很多次向林婉确认这个问题了。

得到的依旧是林婉肯定的回答："要去。"

"如果被拍到，怎么办？"

"没关系，朋友演唱会捧场啊，这没什么吧。"林婉不以为然。

电话那头的童姐无奈摇头，只是她忘了林婉并不能看到："你啊你，别人倒罢了，你是刚和余城传过绯闻，还组过CP，而且还是网传的'被余城打脸的倒贴女'啊！你是不要你的前途了吗？嗯？还要拍戏吗林婉？我的林大小姐？林大影后？"

童姐可以说是痛心疾首，林婉要谈恋爱她不反对，都多大个人了，谈个恋爱很正常。只是谈恋爱也别太一头扎进去啊，尤其是现在网上的舆论完全不利于她的时候，好不容易有点名气，千万别就把路人缘都败光，全给糟蹋成黑料了。

余城正坐在林婉旁边，听到听筒里传出来童姐的声音，示意林婉把手机给他。林婉起初犹犹豫豫的，但还是凭着信任余城的本能，把手机递了过去。

"童姐你好，我是余城。"

电话那头的童姐愣住。

"我其实是想跟婉婉公开。"

这下电话这头的众人也都震惊了。两个还在上升期并且前景无量的艺人，说他们要公开恋情？

"就在演唱会后不久。"

不知童姐又说了什么，总之这期间林婉大气都不敢出一口，很久以后听见余城应道："好，那就这样定了，你放心。"

他在众人震惊的目光里挂断电话后，把手机递回给林婉。

林婉立刻凑到余城跟前来："你们都说什么了？童姐骂你没？"

听她这话，余城也忍不住想笑："你以为我是你呢？"

林婉朝他翻个白眼，是是是，你余城了不起。完了，她抬脚就想走开，被余城识破，抢先一步把她紧紧搂在身边。林婉挣扎无果只得放弃,又侧了侧身子,在余城怀里找着个更舒服的姿势窝着,还是轻轻哼了一声来表达自己的不满。

"她同意了,让你小心些就是。"

林婉不信:"就没了?你们明明说了那么久。"

"真的,就是这个意思,"余城像给猫猫狗狗顺毛那样,捋了捋林婉的头发,"你也知道童姐话多,最后总结下来就是这样了。"

"哦。"

听着余城这话,工作室众人都对林婉无语,真的是恋爱中的女人智商都为零的,这种话都信?

谢律作为林婉多年迷弟,已经在心里暗骂城哥很多遍了,城哥就是个大猪蹄子,这样诓骗我女神!可是再转念想想每个月是谁给他发工资,他还是只敢在心里悄悄想想,再默念几遍女神对不起。

这是林婉第一次到现场看演唱会,拿着余城给她的VIP票坐在最好的位置上,即便是内场的最前排,也都是坐满了人,还有很多都是高价找黄牛买来的,毕竟是余城的演唱会,几乎是一票难求。

林婉赶在演唱会快要开始的时候才坐到位置上,和周围举着应援灯牌,画着应援妆容的小姐姐们比起来,全副武装把自己裹得严严实实的林婉显得有些格格不入。但好在能够在余城演唱会坐在最前排的都是有眼力见的人,反正林婉没遇着上来搭讪的,这让她稍微放了点心,刚才在后台她还在跟余城念叨,如果有人上来搭讪她要不要装成哑巴,却被余城告知一般说来哑巴很多都是听力有障碍的,还花大价钱坐在最前排听演唱会?

　　随着一首激动人心的开场曲，余城巡回演唱会的首场拉开了序幕。虽然林婉在余城工作室住了好些天，但这确实是她第一次听余城唱大型现场，第一次听余城合乐队。看着在台上熠熠生辉的余城，台下有成千上万的人为他在呐喊，在和他一起合唱，而就是台上这个会发光的人，是她的，是她爱的人，是爱她的人，这种感觉，很奇妙。

　　林婉还记得当年的操场上，余城唱歌给她听的样子，当时余城说，想为她开一场演唱会，她都记得。所以，她会不顾童姐的反对，冒着被拍的风险，都要来这一次。

　　演唱会到一半，所有伴奏停下，余城拿着麦克风站在舞台中间。

　　"谢谢你们，来听我的演唱会！"

　　台下一阵沸腾，夹杂着许多"城哥我爱你""城哥加油"，在这样的气氛下，连林婉都想要站起来和她们一起喊了。

　　"策划这次巡演的时候，大家问我想做一个什么主题的巡演。"余城后退几步，走到舞台中间一块略小些的升降舞台上坐下，和大家简单地聊起天来。

　　"我就跟他们讲，我唯一，且必须做的一件事，就是在我的首场，多加一个部分。"

　　现场又是沸腾一片，周围都在惊叹自己的高价票没有白买。

　　"多加的这个部分，叫初恋。"

　　舞美师很应景地在背后巨大的屏幕上打出早已设计好的，写有"初恋"二字的海报。

　　林婉从余城开始说话起，整个人都像是飘在空中一样，找不着边。在听到他说出"初恋"两个字的时候,她才猛然发现自己已经泪流满面了。

"为此我非常感谢我的团队,包容我的这点私心,和我一起排练,一起签版权。没错,这个部分的歌,都是翻唱,是我和我的团队一点一点去签回来的版权。"

林婉终于知道那段时间余城总是全国飞来飞去是怎么回事了,她竟然一直没有发觉。

"这些歌,都是曾经,曾经的我唱给她听的,这些都是我的青春,不管是歌还是她,希望也会是你们的青春。"

当第一首音乐响起,林婉原本就没有止住的眼泪来得更加汹涌了,这包裹着她的句句歌声就像承载着那时候的记忆和那时候的情绪一样,向着林婉铺天盖地袭来。

"林婉,你喜欢听五月天吗?"

"很少听。"

"我唱给你听吧,我超级喜欢他们。"

"如果我爱上你的笑容,要怎么收藏要怎么拥有……"

"七岁的那一年,抓住那只蝉,以为能抓住夏天,十八岁的那年,吻过她的脸,就以为和她能永远……"

"多遥远,多纠结,多想念,多无法描写,疼痛和疯癫你都看不见……"

"最怕此生已经决定自己过,没有你,却又突然听到你的消息……"

现场的歌迷中,很多和余城一样,都很喜欢五月天,或者他们

很喜欢余城，余城总是四处"安利"自家偶像，所以这些歌几乎都是大合唱。

"这些年，这些歌我在朋友聚会或是自己一个人的时候听过也唱过很多遍，总是会想起当年我为她唱这些歌的时候的样子。"几首歌下来，余城又坐到刚才坐过的升降舞台上，"我喜欢的那个女孩儿，有最好的笑脸，值得最好的生活，不知道你们有没有遇到过这样的人，"余城收了收腿，双脚盘坐着，"又胆小又懦弱，偏偏还有一颗想做大事的心，可能这就是我们每一个平凡人的心理吧。但是我从小就知道她一定会成功，就因为她是我心里最好最好最好最好的姑娘。现在她也算是成功了，我却还没有正式跟她说一声，恭喜啦，你最棒了。"

余城柔声说完最后一句话的时候，台下已经快爆炸了，提起初恋就这么温柔的城哥，想嫁！

林婉强忍住想要冲上去抱住他的冲动，低下头默默地抹眼泪。

"啊啊啊啊啊啊，城哥啊，这么好的城哥就快是别人家的了吗？"林婉听见坐在旁边的女生带着哭腔说出这话，好想拍拍她肩膀告诉她，对，我家的。想到这里，林婉又一次泪目，心里止不住地泛起骄傲。

女生的同伴也一样是泪流满面，带着哭腔跟她说："为什么我没有这样的初恋？我初恋好渣啊。"

"但是，也会怀念一辈子吧。"过了一会儿，林婉听见她又自己补充道。

是啊，初恋，会怀念一辈子的吧，可能这辈子最纯粹地去喜欢一个人就是在每个人十七八岁的学生时代了。

"希望我们每个人,心里都有个尚未崩坏的地方,放着忘不掉的人,放不下的事,然后我们都带着所有的遗憾,去努力让后来的人生没有遗憾。"余城站起来,听着台下的尖叫声,回想起他告诉林婉他要走了的那个下午。

"你最喜欢五月天哪首歌?"

树下,林婉歪着脑袋认真想了想:"最喜欢……《我心中尚未崩坏的地方》。"

那时候余城还并不知道,她心中的那个地方,是他,支撑她走过这么多年的,也是他。

当余城唱完最后一首歌,刚刚走下台到观众看不到的地方时,一个熟悉的身影一下子扑到他身上,他赶忙稳稳地接住她,抱住她。

周围的人都默默低下头,该忙什么忙什么,心里默念着"我什么都没看见,我什么都看不见"。

"怎么了?放你下来好不好?"余城柔声问她。

感觉到身上挂着的人把头摇得跟拨浪鼓一样,余城没法,只得把她抱得更紧了些。

"不哭了,乖,"虽然没有看到她的脸,但余城能猜到,她肯定已经哭得跟个泪人儿一样了,"咱们先下来,回去慢慢抱。"

想到这里还是演唱会现场,余城还有很多事要做,林婉才缓缓收起自己想一直一直抱着他的情绪,慢慢从他身上下来。

"乖。"余城这才看见,她已经哭红了眼,牵起她的手回到后

台的化妆间,倒了杯热水给她抱着,"乖乖等我,嗯?"

林婉拉住他的手不肯放,余城转回身在她额头上轻轻落下一吻:"等我,不走远。"

余城走出去之后,林婉自己调节了一下情绪。其实当余城唱完"初恋"部分的歌之后,林婉在台下就再也坐不住,一直在后台等着他,脑子里全是想要抱着他,一直抱着他的想法。

当网上关于这件事情的视频发酵的时候,林婉已经拖着喝得差不多的余城回到家里。他们没有回工作室,直接回到余城在上海的家里面。靠在床头,林婉在余城怀里还捧着手机在看。

喝了些酒的林婉脸上红扑扑的,她点开热度最高的视频,指着里面的人,一本正经地对身后的人说:"这个人是我的。"

其实余城哪会喝多,不过是想快些带她回家了。

"是,是你的。"说罢,他捧起她的红脸蛋,吻上她还想说些什么的唇。

视频还在放着,只是手机已经掉落在床底不知道哪个角落里,只依稀还传来"那天你和我,那个山丘,那样地唱着,那一年的歌"……

事后,林婉已经不只是脸红了,全身都在发烫,羞得甘愿躲在被子里不肯出来,只指使着余城四处帮她找手机。

"还痛吗?"余城把手机递给林婉,掀起被子在林婉身边躺下。

极力想忘掉刚才那些事情的林婉一把接过手机,背过身去也不回答余城的话,继续点开话题看。余城知道她是害羞了,也不多说什么,从背后抱住她,把头枕进她的颈窝里,满足地闭上眼睛。

一阵微信消息的声音不仅惊醒了已经迷迷糊糊快睡着的余城,连林婉也吓了一跳。

童姐发了几张图片和一个视频过来。

林婉点开,顾不得身边的人已经睡意模糊了,使劲地摇着他:"怎么办怎么办,我被拍了!"

有两张图片都是林婉在余城演唱会的样子,虽然只露出一双眼睛,但也能辨认出是她。还有一张是爆料人的微博截图,上面赫然写着:"蹭热度女明星也来了?"

林婉再点开童姐发来的视频。从视频拍摄角度看应该是坐在她背后一排的人拍的,是一段她仰着头听余城讲话,脸上还带着一行行眼泪。

童姐:"就是通知你一声已经被拍了,不回应,你明天安心进组。"

"怎么办啊余城,我被拍了!"

即使童姐说了让她安心进组,林婉还是担心不已,就算是一早就想过的事情,但是当它发生的时候还是有些措手不及。

"没关系。"余城抢下林婉的手机,不让她再去搜那些评论,顺手还把微博从她手机上删除,"别看了,我陪着你呢。"说罢将她牢牢锁在自己怀里,"明天我开车送你去现场,现在好好休息,不能疲劳驾驶。"

他送我去?我明天开机啊!现场那么多媒体,被拍到不是更吓人?

"你是自己送上门去被拍呢?"林婉微微回头,对身后的人说。

余城又把头在林婉颈窝里蹭了蹭,蹭得她有些发痒,对身后的人娇嗔着:"别闹,问你呢。"

"是啊。"余城找到一个最合适的位置,安心回答她,"你都说了我是你的,还不带出去遛遛?明天可是吴桐导演的新电影开机,都不让我去蹭一下热度?"

可是,现在感觉就像你一直在遛我啊!

这一天下来实在太过疲倦,再加上喝了些酒,撑不住睡着的林婉第二天一早还是被余城叫醒的,一直到余城开车行驶在去往开机地点的高速上,林婉才算是清醒过来,昨天晚上的记忆全都在此时浑身的疼痛上回忆起来。

所以昨天,余城在演唱会上跟她告白,他们都喝了酒,然后一起回家,在她占了余城便宜之后,现在余城要去她开机现场,在媒体面前为他自己正名?

怎么这越想越奇怪呢?

林婉清清嗓子:"等下我就到门口吧,童姐在门口接我?"

想起昨天都没回童姐微信,她也不是很确定童姐会不会去接她。

"醒了?"连早上吃早饭都在打瞌睡,余城心里其实心疼得很,"童姐说在下高速的地方接你,我就不过去了。"

"哦。"那就放心了,她还以为余城真的要跟过去。

"你在剧组好好拍戏,我这几个月的行程表已经发在你邮箱了,"余城一一交代,"有空当出来就来找我,这次拍戏别关机了,我找不到你怎么办?"

嗯？余城怎么知道我拍戏习惯几个月手机都关机？

"你的小迷弟说的。"余城解释。

林婉可不信，一脸探究地凑上去："哦？你确定？"

她为了更好地入戏，通常一进组就会把手机关机，完全把自己变成剧中的角色。粉丝是都知道林婉这个怪癖，但是在这几个月之前，她哪里有几个粉丝呢？

"咳——"余城被她盯得头皮都有些发麻，"总之你别关机就是了，我得随时联系到你。"

余城脸上的红晕一直蔓延到脖子后面，林婉见他这模样也知道他是为什么知道她的癖好的，也就没再继续问，自己心里甜一甜就行："好，但是有可能白天的消息我晚上才能回你哦。"

"那你夜戏之前要跟我说，大夜戏要好好保暖，找到时间就多睡一会儿。"

以前怎么没发现余城这么啰唆？她又不是第一天进组拍戏，从来没有人这样对她碎碎念过。一直到下高速，余城才结束他的念叨。

"我自己过去吧。"林婉远远就见着自家公司的车停在路边，"你回去小心些。"

林婉刚伸手准备打开车门，就被余城从另一边拉住她："要想我。"

"想你，最想你了。"林婉扬起嘴角，对着余城傻笑。

"去吧，记得我说过的。"

林婉一把拉开车门："好啦，知道啦！"她把余城还想要说的话都关进车里面，拖着她的行李进组拍戏了。这一下又是几个月见

不着余城，林婉拖着行李向前走的脚步都有些沉重。

"怎么，舍不得了？"刚上车，童姐就打趣她，见林婉只不作声，又安慰，"你也别想太多，你们这个职业就是这样的，你们还一起工作了那么久，知足吧你。"

"现在网上情况怎么样了？"余城把她手机里的微博、贴吧都卸载了，她也暂时没想要下载回来，眼不见为净也好，但还是止不住好奇。

"哟，你还是关心的嘛，昨天不回我，还以为你真不在意呢。"

看童姐的脸色还算轻松，那应该还是不算太糟糕吧？林婉暗自揣测着。

"能怎么样？就说你倒贴呗，仗着一起拍节目，仗着你们之前是同学，就一个劲倒贴余城，除了这些还能怎么说？"

林婉低下她可爱的头颅，表示向网络大军、向余城粉丝屈服。

"如果那些粉丝知道，明明是她们家偶像吵着要跟你公开，哼，到时候不知道打谁的脸。"

这么说就有些夸张了，余城哪有吵着要公开，她忙为余城开脱："没有没有，我们是都愿意公开。"

听林婉这么说，童姐就不乐意了："你还护起犊子了？你知不知道等会儿下了车你要面对的是什么？那些个媒体可都等着你呢！"

林婉讨好地挽上童姐的手臂："我这不是还有我的护身符你嘛，有你在我就不怕！"

童姐早就已经不吃林婉这一套了，利落干脆地抽回手："得了啊，这套没用了，用到你家余城身上去，别来糟蹋我。"

见林婉耷拉着脑袋，童姐也有些于心不忍："你也别担心，昨天余城也有安排，早早地就控住了评论，现在网上骂你的和支持你的，连对半分都算不上，最多是个四六分，很多人还是看好你们的。"

嗯？林婉噌地坐起来，突然就来了精神："真的？"

"我骗你干吗？"童姐见她那副模样就来气，"现在没事儿了？现在不愁了？刚刚不还蔫了吧唧的吗？"

林婉没管童姐怎么说，一脸期待地接过小柳从前排递过来的手机，看到自己微博底下还有热门话题里面网友们的留言。

"讲真，我押一箱辣条，林婉就是余城的初恋！"

"现在局势已经很明朗了，余城就是喜欢林婉，林婉就是余城初恋。"

"补充一句，并且林婉是否还喜欢余城，抱歉看不出来，哈哈哈哈哈哈！"

"如果余城追不到人家就搞笑了。"

其中偶尔还夹杂着挂着余城头像的评论，大概是余城的粉丝："我就静静看你们自我催眠。"

而高高挂在#余城林婉#话题榜首的微博竟然还是酥酥发的："他们的事儿就别问我了，先来看看上新多好，明说了我就是来蹭热度的，杠精勿扰。"微博带的图片恰好是林婉前些天和她一起拍的衣服新款，林婉见着都只想夸她一句"社会"。

"那待会儿……"林婉把手机还给小柳。

"待会儿就进去化个妆，台上流程走一遍，媒体提问的事情，

我已经跟吴桐导演沟通过了,不聊跟电影无关的话题。"

听见童姐这么说,林婉也就放心了。

只是现场情况总是会和想象的有些出入,比如现在就有家媒体把问题提给了林婉。

"请问林婉,昨天余城的演唱会你感受了现场气氛,有什么感受吗?"

大概有那么半分钟,林婉还端坐在台上,以为会有人拦下这个问题,但她余光扫过发现吴桐导演正被潘盼盼拉着在说些什么,没办法只得硬着头皮回答。

在面上看不出她心里有多焦躁,从话筒里传出来的声音还算是淡定:"你这个问题让我有种回到小学时候的感觉,就是出去春游之后回家要写一篇游记那种。"

现场观众和媒体都爆发出一阵笑声,刚刚在一旁耽搁了会儿的吴桐导演也回到台中央,向林婉微微点头,表示她回答得很好。

开机发布会顺利地进行着,刚刚那段小插曲很快就被淡忘。

踩着高跟鞋还在不断加快脚步的林婉刚下场,就抓住小柳的手:"妈呀,吓死我了。"

"什么时候这么胆小了?"童姐在一旁嘲笑她。

吴桐导演从身后走过来:"婉婉你刚才挺棒的。"大概是对演技好的演员有种偏爱吧,吴桐看她这个女主角是越看越喜欢。

得到偶像夸奖,林婉得努力镇定才能让自己不飘起来。

"吴导你可别夸她了,再夸就得膨胀了。"童姐的拆台还是来得很快。

"行了，回去好好歇着，明天开机，好好琢磨琢磨剧本，明天期待你的表演！"吴桐导演拍拍林婉的肩，跟她们挥挥手就先走了。林婉自觉自己不知道要多久，才能有偶像万分之一的干练气质。

回到酒店房间，童姐在核对林婉这一个月的通告单，看到单子上写着的"潘盼盼"三个字，不忘嘱咐林婉："你那个师妹你得小心着点，突然空降这么大的项目，挤走秦连语还专门为她改人设改剧本，定稿之后都还能加戏，你自己心里也多掂量下。"

林婉正一手拿着剧本，一手握着手机在跟余城发消息。

林婉开机发布会还没结束的时候余城就已经回到工作室，给林婉的电话都是小柳接的。

"知道了，我们对手戏不算多。"林婉的对手戏都是大戏，这种和女性角色的对戏，只能算是小戏。

"你别掉以轻心了。"童姐见她没怎么放在心上，只得叮嘱一旁的小柳，"你多看着她点儿，她这个人拍起戏来，只认戏不认人，也不知道是该夸她还是骂她。"

不过吴桐导演应该正好喜欢林婉这样的演员吧，如果剧组里没有潘盼盼，童姐这次肯定走得很放心。

"我说童女士，"林婉终于舍得放下手机了，"我已经拍戏五年了，你见我在剧组出过什么岔子吗？"

讲道理，这个真没有。

"那你有什么不放心的？"以前林婉都是自己在剧组，现在多了一个小柳陪着，当然严格来讲，还有余城作为"手机宠物"在陪着。

童姐还是不太放心，认真检查好林婉的各项事宜之后，才一步

三回头地离开。

"童姐走了？"余城趁着排练间隙给林婉打来电话，"你的通告单我收到了，童姐发给我的。"

"哦。"林婉觉得一点儿成就感都没有，自己的通告单竟然都不是自己发给他的。

"童姐怕你出事儿，"余城正色，"我也是。"想起和潘盼盼为数不多的几次照面，余城对这个人没有一点好感。

"不就是跟你请教过问题嘛，多大点事儿嘛，余城同学难道就这么小心眼啊？"林婉打趣他。

"有没有一点身为女朋友的自觉？嗯？"余城怎么有种被自己女朋友往外推的感觉？

林婉捉弄他，自己倒是挺开心的："反正你是我的呀，怕什么。"

这话说得倒是没毛病。

"你今天排练完就得去录歌了？"林婉正点开余城的通告单，一个有巡演的歌手的通告单，竟然和她正当拍戏的人的通告差不多，每天几乎很少有休息的时间。

"是啊，快走了。"余城看了眼时间，也差不多了。

林婉依依不舍："那我挂了哦，你去忙吧，我看看剧本去。"

余城一贯的简洁与温柔："嗯，乖。"

林婉挂断电话的前一秒，似乎还听见电话那头，李昱招呼着余城快些的声音。

真希望日子就这样过下去，有事做，有人爱，有期待。

林婉满意的日子就这么一天天过着。很久没有拍过戏，但是一回到剧组林婉就像鱼回到了水里一样，这里才应该是她待的地方，而不是真人秀那种一天二十四小时无数摄像机对着她的地方。

剧组里无论是合作演员还是现场的工作人员都对林婉十分亲近，尤其是吴桐导演，自从第一天看到林婉的入戏状态和敬业表现之后，就对这位后辈表现出完全的青睐有加，让林婉都有些受宠若惊。

"婉婉，歇会儿吧。"

今天这场戏拍的是林婉的丈夫，也就是皇帝病逝，太子之位悬而未定，各大势力虎视眈眈，这场葬礼的悲伤气氛都压抑不住底下蕴藏的火药味。

而林婉所饰演的云清作为皇后，自然就是众矢之的，白天好不容易在各方势力之间权衡，晚上倒在丈夫灵前，她不过也是一个早年丧夫的女人，一直隐忍不发的悲痛之情终于在夜里爆发。

电影拍摄不似电视剧，以剧情流畅为主，电影更加注重镜头的剪辑和美感，除去镜头所需要的讲故事的作用外，还要有一定的审美作用，因此一个场景需要反复拍摄多次，从多个角度、多个景别进行拍摄。

这对演员的要求就格外高，需要演员一直保持在剧情的情绪里面，一点不能多一点不能少。林婉的这场哭戏已经拍完特写的细节，再补几个角度的全景就能过了，相比较起来，全景对于演员的要求就没那么高，情绪上的失误有时候也可以忽略，只需要走位和肢体的动作表达到位就行。

因此，吴桐导演在镜头前面看着哭得眼眶泛红，整张脸都红扑

扑的林婉，忍不住劝她休息会儿。

可林婉就好像没有听见似的，沉浸在她自己的世界里。吴桐导演也只能作罢，现在这样敬业的年轻演员实在太难得了。

但是在一旁等自己戏的潘盼盼可不会这么想，悄声跟自己旁边的助理说着："整天就在剧组卖乖，连导演的话都不听，她以为她是影后，勾搭上余城，就了不起了？"

这些天，潘盼盼在剧组过得并不算好，虽然戏份被加多了，但人设依旧不算讨喜，这本就让她心里恼火，再加上她是第一次拍电影，就遇见这么个快节奏的剧组，一时间适应不过来，没少挨导演骂，和林婉之间形成的鲜明对比让她心理极度不平衡。

这边林婉最后一个镜头拍完收工，潘盼盼的夜戏才刚开始，当她拿到这张通告单的时候就已经发过脾气了，林婉的夜戏结束已经很晚，为什么还要把她的戏排在林婉的夜戏后面？成心不想让她睡觉？现在看着林婉离开，她心里也在咬牙切齿记恨着。

身后的助理小心地向前轻推她一下，提醒她可以去走位了，她才收回望着林婉的怨恨的目光，面无表情地走到镜头前站定，根据导演的需要时不时变换对着镜头的角度，动作中透露着一丝丝的怒火和不耐烦。这些日子，她在众人面前的耐心已经几乎被磨光了，有些时候连装都不想再装。

凭什么大家眼里都只看得到你？只要找得着机会，林婉，我不会让你好过的。只有想着这件事情，潘盼盼面上的表情才稍显柔和些。

第十一章
dishiyizhang

在我们没有见面的十几年里，
我也都相信你。

云清的成长伴随着整个国家的成长，当整个国家日渐衰败，云清也老了。谁说大女主戏的结局就一定得是女主角一个人撑起一整个家族或国家？她可以输，可以弱，有些重量，承受不起就是承受不起，云清一生传奇，但她也同样会和常人一样失败。

这部电影所传达出的价值观和林婉简直不谋而合，所以在拍摄今天的戏份时，她是真的有些舍不得。

今天最后一场戏拍完，整个剧组就杀青了，持续两个月的高强度拍摄，林婉是既充实又疲惫。

走到片场,林婉见到了已经离组有段时间的潘盼盼。在前些天的夜戏之后,潘盼盼就只有今天这一场戏,也没理由待在片场,所以林婉已经有段时间没有在片场看见她了。

"师姐。"

气氛也还算和谐,林婉今天是作的老年云清的扮相,顶着化了好几个小时的厚重特效妆,也不好回应她,只轻声"嗯"了一声,就踱着小碎步坐到旁边自己的位置上去了,连大幅度喘口气儿她都怕把妆面弄花了,这拍古装戏太难了。

有时候得罪人就在这些小细节中,而林婉却不自知。

这是一场和所有人告别,也跟整个家国告别的戏,原本应该在一开机所有演员都还算齐的时候就完成,但吴桐导演考虑到电影效果,希望让林婉更入戏一些,更了解云清这个人物的时候才来拍,不惜增加演员片酬,在最后的时刻聚齐片中各个和女主角有关系的角色,共同完成这场重头戏。

"还不是因为她演技不够,我们才会拖到这个时候才杀青,还在拽什么拽?"潘盼盼对林婉的不满再次增加。

这场戏林婉在刚开机的时候就已经开始在准备,写了好几页的笔记,面对每一个人的时候的情绪她都有记下来,此刻她正躺在椅子上默默回忆那些情绪。

"婉婉。"小柳轻轻扯了下林婉的衣服,她也不敢用力,今天光化这个妆都怪费劲的。

林婉缓缓睁开眼,就看见远处一个熟悉的身影。

接起电话,林婉想向他跑过去却发现现在这身装扮并不适合剧烈运动:"你怎么来了?"余城这个时候不是应该在录歌吗?林婉出门前特意看了的,还惦记着杀青后直接过去见他,一个月没见,林婉想他想得不得了。

"想我没?"电话那头的声音比之前更为生动,大概是因为他就在不远处看着她吧。

"想。"林婉眼巴巴盯着他,如果不是这身衣物太过于烦琐与厚重,她宁愿重新花几个小时化一次妆,也要冲过去到他怀里。

余城站在那里看着林婉一头白发:"怎么还没等到我就先白头了?"

"丑吗?我以后就会变成这个样子。"

"变成这么好看的小老太婆吗?"

可能余城是攒了一个月的糖想要齁死林婉吧。

"快去拍吧,拍完我再过来。"

是了,他现在过来肯定又是一阵围观,毕竟剧组里一半的人都是余城的歌迷,总是在拍戏间隙跟林婉打听余城,林婉也算是打着工作的旗号想念自己男朋友了。

今天这段虽说是重头戏,但好在林婉准备充分,拍起来没有太卡壳,算是很顺利。懂戏的前辈都知道能够这样举重若轻地演下来,肯定是因为她在背后付出了比常人更多的努力,但一些人就不一定能看出来了。

"就这么简单一场戏,非得让我们一直拖着和她一起杀青,真的是没安好心。"潘盼盼结束拍摄率先回到化妆间卸妆,古装戏就

是这一点不好,妆发好看归好看,就是太重了。

"吴导。"林婉本来和几个前辈一起站在吴桐导演旁边聊刚刚这场戏,不知道什么时候余城已经走过来了。

"余城你来了?"吴桐导演热情地拉着余城,指着监视器里面回放的片段,"来看看,算是为你录歌找找灵感。"

嗯?这和余城录歌有什么关系?

林婉被导演说得有些摸不着头脑。

"婉婉,这就不用我来介绍了吧。"吴桐导演似笑非笑的眼神在他们之间游走,"我好不容易请到的最佳外援!我们的电影主题曲和推广曲都由他来唱,"说罢,她朝着几位前辈说,"现在的年轻人,真的是了不起,小小年纪已经是国民偶像了,后生可畏啊。"说着就带着几位前辈去卸妆,现场也开始拆景,只有余城和林婉还站在原地。

余城眼带笑意地看着林婉现在的样子,比开拍之前看到的样子更凌乱了些,也更生动了些。

"感觉真的看到了你老了的样子。"余城把一缕耳发轻轻给林婉撩到耳后,认真端详着她。

林婉被他看得有些不好意思了,连忙摆手在他眼前晃了晃:"那你觉得,我哪个样子好看些?"

面对这么一道送分题,余城给出了一个常规答案"都好看"。

还以为他仔细想了一会儿能有什么不一样的回答,原来还是这么敷衍,林婉对他翻了一个白眼就想走,却被余城一把抓住。

"我大概,是当局者迷吧。"

听着他这话,已经转过一半身子的林婉不自觉展开笑颜,回头甜甜地冲他"哦"了一声,逃似的跑开了。她到底是为什么要去皮这一下?最后被撩的还不是她自己?

等林婉卸完妆出来,现场已经只有余城在等她了。

"其他人呢?"如果余城都不在,林婉可能会怀疑自己穿越了吧。

余城接过她手上的包,真搞不懂这些女生,来现场拍个戏都能拎着这么大一个包:"都吃饭去了,咱们也过去。"

"哪儿吃?吃什么?"吃了一个月盒饭,林婉现在就像一头许久没有开荤的小野兽。

余城把有些迫不及待的林婉塞上车后,打开驾驶室的门坐上来:"去吃火锅。"

"耶!"林婉满足地在车里手舞足蹈的,倒不是说盒饭不好吃,这次《云卿》剧组的盒饭算是她吃过的剧组盒饭里质量最高的了,只是连着吃一个多月下来,还是有些难受。

余城感觉自己就像带着个小学生一样:"别蹦,我跟你讲。"林婉停下来,余城继续说,"现在有些狗仔,都能透过车窗拍到你,小心他们明天就出个标题'演员林婉疑似癫痫发作'的新闻。"

林婉吓得全程坐在位置上一动都不敢动。

直到走进火锅店坐下,林婉都一直保持着"乖巧"的状态,和导演、制片乖乖打了招呼就开始埋头吃饭,她是真的馋得很。

"哟,我们女主角来了呀。"说话的是在剧组的一个小龙套,林婉抬头看见她端着一杯酒过来,"杀青了总得喝一杯吧。"

不只是林婉,旁边的余城也皱起眉头。

"不好意思,我不会喝酒。"林婉拒绝,在脑子里仔细回想着面前这张脸,好像,是不熟啊。

那人还在不依不饶:"女主角,你这样就不够意思了,好歹我还是你戏里的丫鬟,你都不说帮我引荐一下。"说话间,眼睛朝着余城使了不止一个眼色。

听她这么说,林婉猛然想起了那天。

那天林婉是下午和晚上的戏,一直睡到中午才下楼,坐在化妆间开始化妆,她还在一边玩手机。

那天在化妆间里的,好像就是这个小姑娘?

不知道从哪里听来余城和林婉很熟的事情,小姑娘总是喜欢往她身边凑。

"婉婉姐,"小姑娘凑过来,"你在这儿拍戏,城哥会来探班吗?"

林婉听她说这话实在有些恼火,余城是她男朋友,你喜欢他,你来我这儿问个一回两回的那没问题,但是你每天都往我跟前凑,张口闭口都是我男朋友,这就说不过去了。

"不知道。"林婉按掉手机屏幕,闭上眼睛不去看她。都是一个剧组的,有些不满还是要忍一忍,林婉干脆眼不见为净。

小姑娘没想到今天林婉这么冷淡,但还是试探:"他没跟你说过吗?你们最近没联系吗?"

我为什么要跟你汇报我和我男朋友的事情?你是他妈还是我妈?林婉在心里回怼着,只是没有开口。

小姑娘见林婉一直不说话有些意外,明明昨天都还是好好的啊,组里其他人跟她提余城的时候她还是笑嘻嘻的,怎么就对她这么不耐烦?

"你什么意思啊?"小姑娘也是个耐不住性子的,声音不觉提高了些,想着自己有潘盼盼这样一个有后台的人撑腰,语气也强硬起来。

"我什么什么意思?"林婉猛地睁开眼睛,侧过脸直视着对方的眼睛,有些咄咄逼人的意思。

小姑娘没见过林婉这么严肃的样子,不觉有些后怕,恍惚间往后退了几步,目光朝着潘盼盼的方向偷瞄,却不见有人来声援她,只得硬着头皮听林婉继续说着:"你要想知道这些你自己去问余城不就行了?"

说罢转回身,端坐在自己的位置上闭眼任由化妆师继续为她做头发,周身散发出高冷气场,再看着镜子里面,凌厉的眉形,暗红色的眼妆,上挑的眼线,仿佛紧闭双眼坐在那儿的就是贵为皇后的云清本人。

林婉回过神来,所以现在,她是来当着自家男神的面找场子来了?

林婉冷哼一声,斜眼瞪了一眼余城,心里暗骂他蓝颜祸水,就又低头吃自己的。本着谁惹出来的事儿谁自己收拾的心理,她还把碗朝着离余城远些的地方挪了挪:"有什么引荐的?要说什么自己说呗。"

余城才是有些委屈,不知道为什么被自己好久不见的女朋友嫌弃,这边还有个不认识的小姑娘端着酒杯站在一旁。

他只得先帮林婉把人给劝走:"不好意思,婉婉她真不喝酒。"说完就再不管对方,夹起远处桌对角的一块糍粑到林婉碗里。

　　林婉微微抬头，瞥见他满脸的示好，心想着看在这一块糍粑的分上就原谅你这一回了，悄悄朝他挤挤眼睛就算是原谅他了。

　　余城心下松了一口气，这哄媳妇太难了，但求生本能告诉他，就算不知道婉婉为什么生气，只要是生气了那就得哄。

　　散伙前，吴桐导演召集大家一起拍了张合照，余城和林婉就分别站在吴桐导演的两边。不出意料，好久没有被见到完成夫妇发糖的网友们，在今晚上沸腾了。

　　"等了一个月的糖啊！终于可以舔屏了！"

　　"不知道为什么，就喜欢看帅哥美女秀恩爱！"

　　"讲道理这是人家《云卿》剧组的杀青宴，城哥你是跟着你媳妇儿去蹭饭的？"

　　"已经脑补出无数场城哥撒娇让婉婉带他去剧组的场景了，脸红。"

　　"这次谁再说是我婉婉蹭热度？还有谁？"

　　"我就一个月没发微博，怎么现在的网友都这么友好了？"林婉洗完头发出来，坐在床边上看手机，等着余城过来给她吹头发。

　　余城从洗手间走出来，站在林婉边上，用干毛巾给她把头发再擦干些："大概是因为你长得好看？"

　　"这不是大家早就知道的吗？"余城觉得有时候就不能太给她脸了，"难道是大家发现了我的内在美？"

　　余城有些听不下去了，按下电吹风开关，用"嗡"声盖住林婉的自夸，一边还用手不断撩起她的头发，把贴着头皮的地方吹得干些。

"余城！余城！"林婉突然一边叫他，一边从床上站起来。

站在床上的林婉终于比余城高一些，余城把吹风关掉，听她想说些什么。

"我们是不是最近都没什么工作？"林婉好像发现了什么新大陆。

"嗯，录完这个主题曲，就暂时有段假期……"

还没等余城说完，林婉站在床边上一下扑进他怀里。因着她站在床上的缘故，余城只到她肩膀，林婉轻松把腿盘在余城腰上，瓮声瓮气地道："我们出去玩好不好？"

余城失笑："想去哪儿？"说话间抱着林婉，自己坐在床上，也就由着她坐在自己身上。

林婉把身子往后退了退，认真地看着余城思考着，不待她想出个所以然来，就被余城一口含住双唇……

事后，到底去哪儿玩林婉是肯定没空想的，余城起身摸摸她的头发，已经干得差不多了。屋子里的暧昧气息还没完全散开，林婉看到不远处的电吹风，生气地抬脚轻踹它："要你有什么用？我头发都干了！"

"婉婉！"酥酥打来电话，是余城接的。

"哦，余城啊。"酥酥反应过来，刚才网上的照片，他俩是在一起的。

余城按开扩音，揽过林婉，一起听酥酥的电话。

"好吧。你们快回来了吧？"

"怎么了？"林婉一头倒在余城旁边，又忽而抬起头冲他傻笑，看得他心里一阵痒痒。

"小小胡爸爸病危了，我现在已经在医院了，正在手术，反正你们快回来吧，我劝不住这孩子。"

小小胡一贯跟林婉亲近，挂断电话后，酥酥看着这么一个可怜巴巴的小萝卜头，也有些束手无策。

把他抱起来，坐在过道的椅子上，酥酥尝试着哄他："小小胡，爸爸在里面很坚强，咱们在外面也要坚强知道吗？要做一个最酷的男子汉。"

小萝卜头只小声啜泣，根本不搭理她。

无奈，她只得坐到小萝卜头旁边去，伸手轻拍他因为啜泣而一抽一抽的背。当小小胡整个靠上酥酥的时候，惊得她一动都不敢动，连呼吸都紧张起来，全身只剩眼珠子还在打转。就在她浑身僵硬快要支持不住的时候，听见小萝卜头带着鼻音的声音，闷闷地嘟囔着，声音在医院狭窄的过道里还带着些回响："我只是在小声哭了，还不够坚强吗？我本来，我真的，好想大声地哭。"

酥酥听见他这话，心头一紧。是啊，他还不过是个几岁的小孩子，正是该哭该闹该笑的年纪，他已经比很多人都坚强了。

悬在半空中的手轻轻放下来搂紧了他，她说："是，我们小小胡已经是最坚强的孩子了。"

"是男子汉！"倔强的声音带着些哭腔，也还要纠正酥酥。

酥酥无奈："好，是男子汉。"

林婉和余城赶回来的时候，手术已经做了一整晚，还没有结束。手术室外，身着黑色衬衣的男子抱紧双臂，背靠在墙上，守在手术室外的椅子旁。而椅子上的一大一小，分明是酥酥和小小胡，正靠在一起已经睡着了，身上盖着的白大褂很显然是旁边守着他们的这位的。

　　他们轻手轻脚地走过去，三人点头示意后，都心照不宣地没有说话，紧盯着手术室外还亮着灯的"手术中"。

　　酥酥先醒了过来，发现身上盖着白大褂显然一愣，抬头看见谢意站在旁边，又别过脸去不看他，缓缓地对着林婉张开双臂。林婉走上前去抱住她，两个女生在清晨的医院过道上相互依偎着。

　　余城对谢意递了个"兄弟加油"的眼色，一看就是两个人闹了矛盾。谢意也是紧皱眉头，这丫头胆子越发大了。

　　"婉婉阿姨……"小小胡醒了。

　　林婉放开酥酥，蹲下来摸摸小小胡的头："嗯，睡醒了？"

　　"爸爸，还没有出来吗？"

　　林婉看了看手术室还在亮着的"手术中"，轻声道："还没呢，婉婉阿姨陪你吧。"说完在他旁边坐下。

　　酥酥见小小胡已经醒了，一把抓起盖在他身上的白大褂，向着谢意的方向猛地递过去，谢意刚伸手准备接着，她就已经放手，还好谢意反应快，及时抓住了往下掉的衣服。

　　余城向林婉走过去，路过谢意身边拍了拍他的肩，这位兄弟看样子是任重道远了。

　　"我去给你们买点儿吃的？"余城说道。孩子才刚醒，是要吃

点什么。

"好。"林婉抱歉地看着余城。原本是好好的假期,却被她的事情所耽搁,害得他还到处奔波。

"别想太多,陪小小胡等着就行。"余城见谢意应该是还要在这儿陪着,就放心离开了。

等余城从外面回来的时候,小小胡的爸爸已经转到重症监护室了。他把早餐递给守在一旁的酥酥,拉过林婉。

他问:"怎么样了?"

"人是救回来了,医生说还要观察,具体什么情况还是得看后期恢复。二次脑梗,以后恢复得好也不能做重活了。这次有可能是之前我找的护工不是专门护理这种病情的,下次我……"

"好,就是说,这边算是放一点心了?"

林婉不知道余城干什么这么着急,都不让她把话说完。

她问:"怎么了?"

"出了点事儿,我先带你回去,路上说。"

"喂——"

还没等林婉反应过来,余城拉着她就加紧脚步往外走:"把你的墨镜、围巾全部戴上!快些!"

林婉现在完全是凭着对余城的信任和条件反射在做事。

坐上车之后,林婉追问道:"到底怎么了?"一路上,她脑子里也飞快在想到底是出什么事儿了,"我们被拍了?"

这是林婉能想到的唯一的可能。

"不是。"余城现在的车速让林婉有些吃不消,但感觉到好像事情确实很严重,她强忍下心头的恶心。

到了林婉家小区附近十字路口的红绿灯时,余城踩下刹车:"你后妈找人爆料了,说你不赡养父母。"

林婉缓缓坐正身子,脑子里瞬间放空成一片空白。

他们回来得还算及时,林婉家楼下还没有围起记者,他们从地下停车场一路回到屋里,听见"嘭"的关门声才稍微将林婉的思绪拉回来了一点。

"她……"林婉看着余城,"什么时候?"

"今天早上,我买完早餐回来的时候接到的电话。"余城把她抱在怀里,"你下飞机没有开机,童姐后来也找我了,让我快些带你回来。"

林婉没有说话,余城能感觉到她不断抽搐的身体,只能将她狠狠抱紧。

"婉婉不怕,婉婉,咱们现在长大了,不怕她了。"

余城以为林婉在哭,可是当他转过林婉的脸,才发现她根本一滴眼泪都没有流下,她只是,气极怕极,浑身发抖罢了。

她现在这个样子,余城是实打实地心疼。

"她是怎么说的?"林婉的声音很平静,但她手上不住颤抖,根本掩饰不住她的紧张与害怕。

余城把她颤抖的手握紧:"我们不管她怎么说,她说什么都不重要,我知道我的婉婉是什么样的就够了。"

"余城,你不知道。"余城的安慰总是能够给林婉的情绪找一个突破口,"你不知道,从小到大,周围的人都信她的,她说林婉

是个坏孩子,他们就都觉得我不好,没人真正在意林婉到底是什么样子,他们都只听她说的!"

林婉的情绪有些崩溃,不住挥着双手,余城都有些按不住她。

"没有,不是这样的婉婉,"余城试图安抚濒临崩溃的林婉,"我没有啊!我不管她说什么,我只相信我所看到的你!还有很多人,他们都跟我一样,不是听别人说,而是自己去看。婉婉你别怕,现在的一切都是你这么多年一直努力得来的,她的两三句话是抢不走的。"

"这么多年了,只有你,只有酥酥,只有童姐,我只有你们。"林婉翻身抓住余城的手臂,余城吃疼,但还是任由她抓着,"余城你不要相信她好不好?我不是那样的,我不是她说的那样的!我不是孤独癖,我能有朋友,我没有不努力,我会努力的!你相信我好不好?"林婉憋红了双眼,眼泪在眼眶里打转,几近哀求地紧紧望着余城。

"我是相信你的啊,我一直都相信你。"

林婉听见他这话,从刚才歇斯底里的状态里略微抽离出来,缓缓靠在余城身上。余城用空出的那只手揽住她,另一只手还由她抓着:"即使是在我们没有见面的十几年里,我也都相信你的。我相信你有一天会站上最亮的舞台,成为最令人瞩目的那一个,吸引住很多很多人的目光,就像当年你吸引了我的目光一样。你有你的善良,你的努力。在我眼里,你的小脾气也是可爱的。"

余城感觉到林婉抓住自己的手在慢慢松懈,继续跟她说着:"你知道我当年为什么进娱乐圈吗?"

她不知道,但是余城无论做什么,都会是最出彩的那个,这是她一直相信的。

"我知道你有一天也会走进来，站在最高的地方，我想跟你站在一起。"

这是余城入行的原因？是因为我？林婉坐起来，不可思议地看着他。

余城对她笑了笑："怎么？不相信我？"转而又把她按进自己怀里，"是真的，哪天你可以去问李昱，当年他还问过我这个问题。"

"那他好傻，问的问题奇奇怪怪的。"

"是啊，那时候什么都不懂，还以为是什么行规，竟然就乖乖回答了。"当时根本不懂，就是凭借一股执念，好在运气不错，还算是混到大红大紫了，在这一行里，有太多人努力一辈子也等不到出头的那天。

"如果我们没有重逢怎么办？"

"没有如果。"余城一口否决了这个猜测，"我为了等你，努力这么多年，所以我们一定会重逢，没有如果。"

"你说，现在楼下是不是有好多记者？"

余城用手挡住林婉的眼睛："别想了，睡会儿？你昨天就没休息好了。"

林婉一把拉下他的手，看到了红痕："我把你的手抓破了？"

林婉翻出医药箱，找到酒精和棉签，满心愧疚，小心翼翼生怕弄疼了余城。

"疼吗？"林婉小声地问，好像声音大些都会把余城弄疼一样。

余城收回手："好了，就这样吧，不疼。"

林婉把医药箱收好，又轻轻巧巧缩进余城怀里，好像一只小鸟

龟终于找到自己的壳一样，躲得严严实实的。

"余城，"就这样过去了很久，林婉打破平静，"我想看看，看看她是怎么说的。"

余城没有说话。

"你陪我吧，我总得，知道她怎么说，我才好回应啊。"林婉不可能就这样放弃自己努力了五年的东西，身为公众人物，她肯定是要出面给大家一个解释的。

余城没法，把自己的手机开机："用我的看吧，你手机一开机肯定就是满线，还怎么看？"

打开网络，几乎每个平台都在推送这条消息。余城随手点开一则，里面赫然挂着林婉继母的语音采访，还附上了文字版。

"你说林婉？那是我女儿啊，我养大的。"

"出道五年？不知道具体的，她不会跟我们讲的，我只知道我女儿已经八年没回过家了。"

"没有，就平时看广告和画报可能会看到她，我不看电影的。"

"看不懂啊，年轻人喜欢的东西，我老了，老年人看不懂那些。"

"过年？过年也不回来的，她忙得很哩。"

"想啊，怎么不想。想的时候给她打电话也不接，我只有自己偷偷藏起来抹眼泪。"

"电影院我去过啊，我就坐着也看不懂啊，就看看女儿了，别人看剧情哭，我是想着我女儿哭。"

这段将近五分钟的语音，让林婉不止一次想要发笑。

没有像刚才那样的歇斯底里，林婉退出新闻界面，点开微博。

微博里也是一片哗然，有人骂她，有人支持她，有人中立，还有好些记者在她家楼下开直播，等她下楼。

林婉点开其中一个，正是她家楼下的画面。原本还算幽静的小区此时稍显混乱，保安将这群记者守着，林婉看到有些记者因为太累蹲在墙角，还不忘一直举着自己的设备，准备抓拍。

林婉看见弹幕好多在问她到底在家还是在准备回家。

主播也就是一名记者跟网友们闲聊着："这个我们也不清楚，只能在这儿守着。据可靠情报，林婉昨天刚刚电影杀青，晚上就把酒店房间退了，如果没有推断错误，现在她应该是在家里。"

弹幕飘过一片"66666"，还有人在问如果林婉一直不下楼怎么办。

林婉也想知道，如果她一直不下楼，那他们要一直守在那儿吗？

"娱记就要吃得苦中苦啊，不然怎么能为你们挖到第一手消息呢？"

林婉想，如果这家公司的老板看到，应该会给他涨工资吧，至少得给他一个敬业福才行。

林婉突然灵光一现，光着小脚丫吧嗒吧嗒跑到厨房，趴在门口，望着正在里面熬粥的余城："你说，我也开个直播怎么样？"

余城不可意思地看着她："你要干吗？"

"他们在我家楼下开直播，我就在楼上开直播啊！"都是刚才那个直播给了她灵感，"不用接受采访，免得那些记者瞎写，还能有点互动，是不是？是不是？"她走过去拉着余城手臂晃了晃，想起他手上还有伤又立马放开。

"可不可以啊？"林婉满心期待。

余城低头注意到她是光着脚丫子跑过来的,打横把她抱起往客厅走去。

"要我说的话,就是你怎么高兴怎么来,"余城认真跟她分析,"但是这种事情,你不能问我,你得去问问童姐,她同意了就行。"

余城才是一语惊醒梦中人。就是啊,她的经纪人是童姐啊,又不是余城!林婉一个激灵从余城怀里跳下来,拿起余城手机拨通了童女士的电话。

突然被林婉冷落,余城觉得,他家女朋友可能是学过变脸吧。

"童女士!我是林婉!"余城听见她精力十足的声音,放心地又走进厨房去看着他炉子上熬的粥去了。

"童姐怎么说?"过了好久,余城听着林婉从客厅传来的声音起起伏伏的,终于是打完了这通电话。

"答应了呀!"林婉顿了顿,"就是还要等她通知,大概过一会儿吧。"

其间,林婉左等右等,终于在余城的粥熬好端上桌之后,接到童姐的通知,说是可以了,林婉才惊觉,余城手机上并没有任何直播软件。

第十二章
dishierzhang

辛而遇见，辛而重逢。

等林婉捣鼓好余城的手机，下载一个直播软件，再调整好角度，按着网上的教程打开直播，并转接到微博上之后，她才猛然想起来，这是余城的手机，所以她现在转接过来的，是余城的微博！

"完了，完了！余城！"林婉迅速关掉直播，把微博删掉，大声叫着。

余城从厨房过来："小祖宗，又怎么了？"

"我……"林婉坐在地上，可怜兮兮地望着他，"我刚刚把直播开到你的微博上去了。"

余城前一秒还在打量她是不是哪儿不舒服,听她这么说反倒松了口气:"你先别忙着重新开。"

林婉不解。

"看看李昱和童姐的电话谁先打进来。"

话音刚落,余城的手机果然响起来,是李昱。

余城接起电话,按开免提:"喂?"

"你手机没掉呢?"刚才还不作声的李昱一个大嗓门就吼起来,"你不好好陪着林婉妹妹,在瞎搞什么?"

突然被点名,林婉还有些脸红。

"我开着免提呢。"余城提醒到。

李昱明显一愣,意识到林婉就在旁边,说话嗓门收了收:"林婉妹妹啊,没事儿。啊,这个圈儿里就是这样,大家伙就喜欢看热闹,今天看你家的,明天就去看他家的了。"

"我没事儿了,谢谢你啊。"李昱的话说得林婉心头一暖,"就是……"

"怎么了你跟我说!是不是余城欺负你了,他就是一肚子坏水儿,你甭理他!"这话说得,好像他能把余城怎么着一样。

"没呢,他没怎么。就是我刚才想开个直播做澄清,结果发到他微博上去了……"

说到最后,林婉声音越来越弱。

余城接过话去:"等会儿她用她微博重新开,刚才只是误点。"

电话那头,李昱是彻底愣住了。

过了良久,林婉都快忘记他们的电话还是连通的:"你们这样,就算公开了？余城你这个人怎么这样占人小姑娘便宜呢？不正式给个名分你说得过去吗？"

林婉听见这话，双手捂住脸，不断示意余城快些挂电话。余城见她那模样可爱得很，也不舍得她不称意，挂掉电话。只是没等到半分钟，童姐的电话又打进来了。

和隔壁李昱的电话不同，反正林婉乖乖听骂了好久，才重新得到了去开直播的许可，还不忘去热门区看看和她的黑料讨论度几乎可以并驾齐驱的话题#余城直播秒关#，好多人都说是余城来为林婉分担讨论度的，现代网友们的脑洞，实在是令人佩服。

晾在一旁的粥都快凉了，林婉的直播才终于开好了。

不一会儿，她就看见弹幕上出现了好多"？？？？？"，等过了不到半分钟，就是满屏的问号了。

林婉对着镜头跟大家打招呼："大家好，我是林婉。"

"你怎么还敢开直播"在一众问号的弹幕中显得格外出众，林婉回答道："我怎么不敢开直播呢？我必须得开直播啊。"她不禁拔高了音量，"以后我还想正大光明出去买菜呢，不趁现在隔着屏幕，你们还打不死我的时候解释清楚，下次走在街上还不得被泼硫酸了？"

说完，直播间弹幕又清一色变成了"666666"。

林婉喝了口粥，润了润喉，打算开始她今天的重点，瞥见屏幕上有人问她吃的什么。

"吃的什么？喝的粥，红糖粥，很好喝。"还不忘侧着碗对着

镜头给大伙证明她是真的在喝粥。

这时候,林婉看见她直播间的访问量已经是爆满了,清了清嗓子正式开始她的讲话。

"很感谢大家对我的关心,"林婉突然有种自己在开记者发布会的感觉,"不对,怎么这么官方?我开直播跟大家解释呢,就是不想要这么官方去解释这个事情。本来嘛,这就是家事,既然要解释,那就肯定是跟自己的家人解释,咱们就像家人一样聊天就好。"

"怎么回事儿?别心急嘛,马上就说了,"林婉调整一下坐姿,"今天语音里的,是我的后妈,就是继母。"

无论是正在地铁上看林婉直播的,还是在上班间隙悄悄点开的,或是正在咖啡厅坐着无聊点进来的,总之几乎所有正在看林婉直播的网友们都震惊了,还在评论里刷弹幕骂她的也都停下来,听听她到底想说些什么。

"不是在诋毁'后妈'这个群体啊,先说明一下,不带恶意,没有任何感情色彩。"林婉双手交叉,向镜头比起一个叉,"其实我今天算是比较崩溃的,你们现在看到的我已经是安静多了。"

"我爸妈在我很小的时候就分开了,具体什么时候就不说了吧,其实如果不是今天这件事,我根本不愿意跟大家提这些。"林婉的人设里,从来没有"卖惨"这两个字,"我选择了当演员,是公众人物,那我的隐私就不算隐私,这个道理我懂,但是我家人应该有他们的隐私,所以其实直到现在,让我出来讲这些事情,我也是很纠结的。"

直播间里的弹幕渐渐少了,但是热度依旧不减,大家都在认真听林婉讲话。

"爸妈分开之后,我就跟着爸爸生活,"林婉又喝了口粥,"唉,有点儿饿,咱们继续。我爸吧,这个人爱面子,逢人就跟人说我后妈对我特好,我那时候年纪小,只知道叔叔阿姨们跟我说的,不要惹后妈不开心,不然她会把你扔出去的,你就没有家了。那时候哪懂这些,大人说什么也就记着了。"

如果不是因为这些,她会不会没那么怕后妈?或者,没那么迫切地希望做一个乖宝宝讨后妈欢心?

"大概就是因为这样吧,让我养成了什么都听后妈的这个习惯,她夸哪家孩子,我就照着哪家人学。总的来说,就是傻呗。"林婉想着都觉得好笑,小时候怎么就那么傻?

"她不爱跟我说话,只要我和她在一起,她都不会跟我说话的。刚开始是不习惯,但慢慢到后面我也就习惯了。我不知道别家在冷暴力下长大的孩子是什么样,我只知道如果我没有遇到……那几个人,那我一定不会是今天这个样子。"林婉语气听起来有些随意,"其实我觉得我受她影响最大的,就是我这个性格吧,就变得很……我想想啊,怎么形容呢?就是很自卑,而且又自卑又没主见。"

"她经常说我是个孤独癖,是个没朋友的可怜虫。"如果那个时候没有碰见酥酥,没有余城,林婉也绝对不会是今天这个林婉。

"她今天说的话,真真假假吧。"林婉记起正题,"我确实,从读大学开始,就没有再回去了,每个月会寄钱回去。别说什么寄钱哪里算是赡养的话,"林婉正色,"我做不到那么大度,我没法面对她,没法亲近她,只要我还是我,林婉,我这辈子都做不到。

我以为我是选择了一个大家都能接受的方式,没想到就看到了今天这样的场面。"

"那个问我爸怎么办的网友你等一等啊。我觉得我爸过得挺好的,真的,我爸当年放弃了我们一家三口的生活,放弃了我和我妈,选择了他的爱情,我觉得他特勇敢。"

舆论再一次逆转,早上出来爆料的所谓林婉的母亲,不仅是林婉的继母,还是个小三?这个剧情变化,让网友们有些蒙,一些早上骂过林婉的网友开始向林婉的直播间疯狂刷礼物。

"哎,别别别啊,你们别给我刷礼物。"林婉愣住,"我这个没绑银行卡啊,钱也提不出来,这样有点亏啊。"

在林婉的这场"非正式澄清会"直播里,算是嘻嘻哈哈跟大家把事情解释清楚了。林婉觉得直播还挺好玩的,跟屏幕背后的网友实时聊聊天,还不怕接受一个采访都要被记者瞎写。

还在跟网友们聊天的林婉把喝完粥的碗朝旁边一递,使个眼色,让余城再帮她盛一碗,转头继续跟直播间里的网友们聊天。

突然,大家发现屏幕里多了一个人,林婉也没料到他会凑过来,震惊地盯着他,一时间甚至忘了关掉直播,或是把手机移一下。

她愣愣地看着余城对镜头说了句"你们别太过分了,拿着我的手机跟我女朋友聊着天。说清楚了就关了",最后这句是对着林婉说的,说完就关掉了直播。

"余城你干吗?"林婉一拳打在余城身上,虽说是被他吓到了有些生气,但也没太用力,"你就这样,算是公开了?"

余城坐在沙发上,俯瞰着坐在地上的林婉:"我以为,这个问题我们早就达成共识了。"

虽说余城是提过几次，但是怎么也得大家商量着，选选日子吧？人家别的艺人一般不都会挑一个有特殊意义的时间发个告白微博之类的吗？到余城这儿怎么就这么……随意！

"怎么，我的告白次数还不够呢？"余城就光告白，就已经好多回了吧，"有人还拒绝过我呢。"

林婉自知理亏，暗搓搓地站起来坐到余城旁边去："可是没有提前通知过童姐，又要挨骂了。"

"没事儿，"余城揉了揉她的头发，"我早就跟她说过了。"

"嗯？"林婉震惊，"什么时候？"

"小孩子,知道那么多没用。"余城直指桌上的粥,"还要喝吗？不喝快去睡觉了，一晚上没睡，小心长不高了。"

"不喝了。"林婉趁余城收拾碗的工夫，捏着他的手机，一溜烟儿钻进房间。总之，等余城洗好碗，在房间里找到林婉的时候，她已经捧着手机睡着了。

他轻轻将手机从她手里抽走，将她在床上放平，给她盖好被子后，他靠着床头，难得地点开微博开始编辑长文。

在我原本的计划里，今天我们应该登上了去度假的航班，而此时她正在我身边睡着，终于能够睡着。

昨天半夜在机场周旋，好不容易回到北京，我被她带着朝医院飞奔。原因是她一直资助的一个山区单亲家庭的孩子的父亲病危，在此之前，为了给他治病，她接下了原本已经推掉的，所有需要和

我一起参加的综艺。她之前很难接到戏，还需要寄钱回家，自己真没多少钱。

说这么多，关于我怎么知道这些的，是，她就是我口中的初恋，这么多年，我一直在悄悄关注着她的一举一动，她拍了哪部戏，她空闲时间去了哪儿，有时候真的很庆幸她是一个公众人物，让我可以通过各种渠道知道她的消息，虽然她真的不够红，搜她的信息很难。

她今天说的那些事情，别看她轻描淡写，其实吧，越是重要越是难过的事情，她越轻描淡写，就是这么一个别扭的人。她说她如果没有在年少时候遇见我，遇见苏一梨，她就不会是今天的林婉，可是，如果不是因为林婉，如果不是因为憋着一口想要保护她的劲，余城也不会成长为今天的余城。

既然我们都成就了彼此的今天，那希望林小姐在睡醒看到这条微博之后，可以不要逃避，认真回答余先生，愿不愿意嫁给他。

这一封叫"致余先生的林小姐"的情书一经发出，网友们纷纷感叹他们家的瓜真心吃得让人目不暇接，明明早上还在骂林婉，直播后舆论转向同情林婉，这余城一出现，大家又开始羡慕起林婉来。

还有人将余城所有在节目中对初恋的表白剪辑在一起，做成小视频艾特林婉。

等到林婉醒来，网上的舆论已经一发不可收拾。

完全不知情的林婉打开已经关机一整天的手机，没去理会那些不断弹出来的短信也好软件通知也好，她现在一心只关注她下午顶着挨骂的压力开的直播到底效果如何。

可是打开微博林婉整个人都有点蒙，是她还没睡醒还在梦里吗？怎么连#林婉睡醒了吗#都上了热搜？讨论区里全是清一色"林婉睡醒了吗？没有"的微博。

林婉顺着这些微博，找到源头，读到了余城的信。

当她流着金豆子，看到余城放在她枕边的戒指时，才发觉余城就靠在门边上看着她，她一时哭得更厉害了。

余城赶忙过来坐在床边，搂着她，把床头放着的纸巾递上去。

"答不答应我？"等林婉情绪缓和些后，余城轻声在她耳边问。

林婉把头埋得更深了，低声道："你见过谁求婚是女生自己戴戒指的？"

终于，在大家翘首以待好几个小时之后，林婉终于现身，发了一张戴着戒指的照片作为回应，广大网友终于放下了一桩心事。

"吃了你家一天的瓜了，最后这个最甜。"

"我站的CP求婚成功了！激动！"

"来自催婚团队的最后一次打卡。"

"来自催生团队的第一次打卡。"

还有就是吴桐导演的转发祝福，酥酥的祝福，还有《云卿》官方微博放出一张林婉的现场照表示恭喜，又引得粉丝一片振奋。

"这么好看的女神真的嫁了吗？"

"高级脸啊！这才是高级脸啊！"

"以前说余城高级脸的兄弟站出来，我婉婉也是！谁再说他们不配？"

躺在余城怀里翻看着评论,林婉感受到一种前所未有的满足:"哦,对了。"她想起睡着以前跟酥酥的那通电话,"酥酥说,小小胡爸爸已经醒了,虽然是二次脑梗,但好在发现及时,暂时只出现了半身不能动的情况,已经转到普通病房了。"

"嗯,知道了。"余城的下巴在林婉头顶蹭了蹭。

"你是怎么知道,我资助单亲家庭的这个事儿的?"林婉才不相信是看的报道呢,报道从来不会关心她的这些事儿。

没想到这丫头还心细,余城见瞒不住,只能乖乖解释:"因为我一直有关注你啊。圈子就这么小,你有时候拍戏或是参加活动的时候,也会跟别人讲你除了拍戏之外的事情,只要多加打听,还是能知道一些的。"他捏捏她的小鼻子,"只是啊,你以前实在是太难打听了。"

林婉听见他说这话,挣扎着想要从他怀里挣脱出来:"我不要你抱了!"她做出生气的样子,"你嫌弃我!"

余城捏捏她嘟得可以挂个水壶的嘴巴:"这哪是嫌弃你,是想你了,想知道你更多的事情。"终于又把躁动的小家伙抱进怀里,他继续说,"你又不肯来找我,也不肯跟媒体透露一点点我们认识,连后来的节目都不愿意跟我一起,我能有什么办法呢?"

只是好在,我们终究没有错过。

这次的事件,是真正让林婉红了。

无论是她当时的直播还是后来她和余城的恋情公开,都实实在在让她成为话题中心人物,并且几乎是没有一点黑料,不少戏约还有公益代言找上来,一时间忙得有些不可开交。

终于等到《云卿》首映的这天,余城作为主题曲和推广曲的唱作人,将和林婉一起出席这次的红毯。这也是他们第二次一起走红毯。

这也是"完成夫妇"在公布恋情、求婚成功之后的第一次公开合体,大家都充满了期待,网友们把他们之前一起走红毯和参加采访的视频剪辑在一起,做成一个MV,林婉一边做头发一边在看。

"现在这些网友,真的是太有才华了。"林婉大学时候也算是认真学过一点剪辑软件,但是在一大串的数字代码面前还是昏了头。

小柳跟着林婉这么久算是发现了,只要有谁会点儿林婉不会的,林婉就特别佩服人家。

"婉婉,余城是要过来接你,还是直接在现场见面?"小柳问道。

林婉才想起来,最近真的已经忙昏了头,早上出门的时候都忘记问他了,只得在众人无语的目光下给余城拨了个电话,得到余城答复说已经在她公司楼下了。

"怎么样,好看吗?"林婉特别满意今天这身衣服,并非哪个大牌的当季新成衣,依旧是表妹路露工作室的衣服。大红色的修身款式,简单大方,很适合在《云卿》的首映上穿,和云清的角色设定还挺符合的,最别出心裁的是在背后有一块镂空,由精致的红色蕾丝拼接,不算暴露,还带着些小女生情怀元素。

当然,最重要的是,表妹说这套衣服就当是送林婉的。即使送衣服过来时候她仍旧是一张不苟言笑的脸,但说出这句话后,林婉看她的目光都变得更亲切了些。

　　不用担心还衣服问题的林婉走在红毯上都感觉轻飘飘的，走路都带着风，如果不是余城还拉着她，林婉觉得她能一路快步走在签名板前，估计在红毯周围拍照的媒体和粉丝都会以为她疯了吧。

　　签好名字后，站在签名板前，余城还紧紧拉着林婉的手，主持人递上话筒也是交给了林婉。

　　"婉婉、城哥，拍完照咱们这边来聊天。"主持人招呼着他们站到采访区。

　　余城紧紧拉着林婉，生怕她摔倒。

　　"看城哥这个样子，果然是百闻不如一见的宠妻。"主持人一脸羡慕，"不知道私下里他是不是也是这么好呢？还是说，他私下里其实对你会更好一些？只是在外人面前会收敛点儿？"

　　明明是在夸余城，怎么问题就扔给我了呢？林婉心里纳闷，但没法，现场所有的灯光、摄影机此刻都正对着她。

　　"可能是他一直都这样的吧，所以我感受不出什么差别来。"

　　场边上的粉丝听见这话都要晕过去了，城哥对人一直那么温柔体贴？请了解一下场外李昱和乐队朋友们的日常好吗？也就对一个人会这样了吧。

　　"我们今天趁着电影首映，也替各位粉丝们问一个问题了。"林婉都能猜到主持人要说些什么，自从余城和她公开求婚成功后，只要有采访、有提问的机会，总是逃不开的一个话题，果然林婉听见主持人说，"你们到底什么时候邀请大家参加你们的婚礼？"

　　现场粉丝爆发出一阵尖叫，都很期待他们的回答。林婉歪着脑袋，把问题扔给了余城。

"大概,等春暖花开的时候吧。婉婉怕冷,那时候穿婚纱的话,不会冻着。"

主持人突然有些心疼自己,非要问这种问题,最后还要被虐一波。

进场后,余城接过小柳早早为林婉准备的披肩给她穿上,坐在第一排等着首映开始。

"你预测一下票房呗。"等待的日子过得总是十分漫长,林婉忍不住和余城聊起天来。

余城哑然,他连成片都没看到过,甚至剧本都没看到过,要怎么预测?

"看完电影跟我说!"林婉没有等到余城的回答,影厅内已经灯光熄灭,电影准备放映了。

等到几个月后,电影收官之际,林婉发现这跟余城当时预测的20亿完全吻合,没想到身边还有个预言帝啊。

在此期间,他们两个大忙人终于抽出时间回了趟小城,依旧是没有惊动任何人,他们是回来领证的。虽说林婉的户口已经在她读书时候就迁走了,但余城的户口还在这儿。几经商议,两人决定回来领证,也算是在开始的地方,求得一个结果。

余城开着车,在进城区的时候叫醒了睡得迷迷糊糊的林婉。林婉刚清醒一点儿,正坐起来就着副驾驶室的镜子补妆,余城也把车速放得更慢了些。

在一个十字路口的红绿灯前,余城刹车停下,却发现林婉也停下了手里的动作。他顺着她的目光看过去，路边正蹲着一个中年男人，紧皱着眉头，手里拿着烟。

林婉打开车门走了过去，站在他面前，轻轻叫了声："爸。"

林婉爸爸惊讶地抬头，有些不敢相信："婉婉？"

"嗯，是我。"

林婉爸爸条件反射似的扔掉手里的烟，站起身来，几次张口却不知道该说些什么。

"你怎么在这儿抽烟？"按理说，现在这个时候，工作清闲的父亲已经回家了。林婉又想，她已经很多年没回家了，这些习惯都已经是很久远的事情了，心里也不禁泛起一阵凄凉。

"你妈她……嗯……"林婉爸爸顿了顿，似乎觉得这样说不太对，但已经脱口而出了，只能顺着说下去，"她闻不了烟味，我就抽几支再回去。"

林婉这才注意到，从这个十字路口拐过去，就可以回家了，只是不是她的家。

"哦。"林婉觉得还是要跟爸爸说一声，笑着对他说，"爸，我要结婚了。"

林婉爸爸愣住，他以为林婉不会跟他说这个事，他也以为……他的女儿再也不会对他笑了。

"好，好。"

林婉看见父亲眼里的泪光，别过头去，不想让他看见自己眼里的泪。余城从身后走过来扶着林婉，对林婉爸爸鞠了个躬："您好。"

林婉吸了吸鼻子，拉着余城站在父亲面前："爸，这是余城。"

又正式向余城介绍,"这是我爸。"

"爸,"不只是林婉爸爸,连林婉听到都愣住了,余城上前握住他的手,"您放心,婉婉我会好好照顾的。"

林婉爸爸紧紧回握住他。

拒绝了父亲提出回家坐会儿的提议,林婉和余城步行着往民政局走去。

"我没想到会是潘盼盼。"林婉还是觉得很惊讶。

刚才听林婉爸爸讲,是潘盼盼说,只要林婉继母成功抹黑林婉,就拿一笔钱给他们,可惜最后却是为林婉做了嫁衣,潘盼盼也再联系不上,继母整天在家吵得他头疼,他才跑到路边上来抽烟冷静一下,只是没想到会遇到林婉。

"也就你想不到。"余城毫不客气地打击林婉。

林婉站在原地,任余城怎么拉她都不肯走,扬起脸,非得余城给个说法。

"余先生,我发现你有些膨胀啊。"

余城失笑:"请问我怎么了,余太太?"

林婉眼珠子一转,哼了一声:"别乱叫啊,还不是余太太呢。"

"嗯?"余城上前一步,逼近林婉,"是不是余太太?"

而林婉一时玩兴大发,一边冲余城笑着,一边摇摇头:"不是不是就不是!"

余城对小姑娘彻底无法,横下心将她一把抱起,往民政局方向大步走去。

"余城你干吗!快放我下来啊!"林婉再挣扎也被他抱得死死

的,"余城我不闹了放我下来!"

显然,在拿到两个红本子之前,余城是不打算让林婉越过他的掌控范围的,但还在试图挣扎的林婉好像并没有意识到这点。

可能去领个证都能来出戏,并被人偷拍为网络热点的,也就只有他们俩了。

只是这些都是后话,现在的他们哪里顾得上这些?

茫茫人海,幸而遇见,幸而重逢。